secreto

de Barney

Editorial Bambú
es un sello de Editorial Casals, S.A.

Título original: *Stig of the Dump*

© del texto, Clive King, 1963
© de la traducción, María Enguix Tercero, 2012
© de la ilustración de cubierta,
Carmen Segovia, 2012
© de esta edición, Editorial Casals, S.A., 2012
Casp, 79 – 08013 Barcelona
Tel.: 902 107 007
www.editorialbambu.com
www.bambulector.com

Coordinación de la colección:
Jordi Martín Lloret
Diseño de la colección:
Nora Grosse, Enric Jardí

Primera edición: septiembre de 2012
ISBN: 978-84-8343-208-2
Depósito legal: B-13674-2012
Printed in Spain
Impreso en Edigrafos, S.A.
Getafe (Madrid)

El amigo secreto de *Barney*
Clive King

Traducción
de María Enguix Tercero

 récord

Índice

1. El suelo cede

Si te arrimas demasiado al borde de la cantera, el suelo cederá. Eso es lo que le decían a Barney cada dos por tres. Todo el mundo se lo había dicho. Su abuela, cuando venía a pasar unos días con ella. Su hermana, cuando no le hablaba de cualquier otra cosa. Barney tenía la sensación, en algún punto cerca de su estómago, de que podía ser verdad que el suelo cediese. Pero, aun así, no era lo mismo que te lo contasen que verlo con tus propios ojos. Y hoy era uno de esos días grises en los que no había nada que hacer, nada a lo que jugar y ningún sitio adonde ir. Salvo a la cantera de caliza. El vertedero.

Barney cruzó la desvencijada valla y fue hasta el borde de la cantera. En su día esto fue la ladera de un cerro, pensó para sí. Unos hombres vinieron a extraer caliza y dejaron este enorme agujero en la tierra. Pensó en todas las barritas de tiza que se habrían fabricado con ella y en todas las pizarras de todos los colegios en las que habrían escrito. Seguro que excavaron y excavaron durante cientos de años. Y luego se cansaron de excavar, o alguien les dijo que parasen o terminarían excavando el cerro entero. Y ahora no sabían qué hacer con ese agujero vacío e intentaban rellenarlo de nuevo. Todo aquello que la gente no quería iba a parar al fondo de la cantera.

Barney gateó por la hierba áspera y asomó la cabeza. Las paredes de la cantera eran de caliza blanca, con bandas de pedernal que sobresalían como huesos en algunos tramos. Arriba, la tierra era marrón y quebradiza y se veían las raíces de los árboles que crecían en el borde, luego se curvaban, se rizaban en el aire y volvían a hundirse en la tierra. Otros árboles pendían del borde, sostenidos apenas por unas pocas raíces. La tierra y la caliza a sus pies habían caído y, el día menos pensado, también ellos caerían al fondo de la cantera. Hilos de hiedra y de esa enredadera conocida como Barba de Dios colgaban en el aire.

Mucho más abajo estaba el fondo de la cantera. El vertedero. Barney vislumbró unos extraños trozos de escombros entre el musgo, los saúcos y las ortigas. ¿Era eso el timón de un barco? ¿La cola de un avión? Por lo menos había una bicicleta de verdad. A Barney no le cabía duda de que la haría funcionar si lograba recuperarla. No le dejaban tener bici.

Deseó estar en el fondo de la cantera.

Y el suelo cedió.

Barney notó que la cabeza le iba hacia abajo y las piernas hacia arriba. Se oyó el sonido de la tierra al desprenderse. Lo siguiente fue Barney cayendo, aún agarrado a un manojo de hierba que caía con él.

«Esto es lo que ocurre cuando cede el suelo», pensó. Acto seguido pareció dar una voltereta completa en el aire, chocó contra un saliente de caliza a medio camino, atravesó algunas enredaderas, hiedras y ramas, y aterrizó en un lecho de musgo.

Sus pensamientos hicieron esas cosas curiosas que hacen cuando uno se da un golpe en la cabeza y de repente se encuentra pensando en lo que cenó el martes pasado, mezclado con lo del siete por seis, cuarenta y dos. Barney permaneció tumbado con los ojos cerrados, aguardando a que sus pensamientos dejasen de mezclarse. Luego abrió los ojos.

Yacía en una especie de refugio. Al mirar hacia arriba vio un tejado, o parte de un tejado, hecho con ramas de saúco, una vieja alfombra muy raída y chapas de hierro viejas y oxidadas. Había un agujero grande, por el que debía de haberse caído. Vio las blancas paredes del barranco, los árboles y las plantas trepadoras en la cima, y un cielo por el que pasaban nubes.

Barney decidió que no estaba muerto. Ni siquiera parecía haberse lastimado gravemente. Volvió la cabeza y miró a su alrededor. La guarida estaba oscura después de mirar la blanca caliza, y no pudo ver bien qué clase de lugar era. Parecía en parte una cueva excavada en la caliza y en parte un refugio construido sobre la boca de la cueva. Se respiraba un olor frío y húmedo. Caían tijeretas y cochinillas por el agujero que había hecho en el tejado.

Pero ¿qué le había pasado en las piernas? No pudo sentarse cuando lo intentó. No le respondían las piernas. Igual me las he roto, pensó. ¿Y entonces qué hago? Se miró las piernas para comprobar si estaban bien y descubrió que se le habían enredado en la planta trepadora de la pared del barranco. ¿Quién me ha atado?, se preguntó. Pataleó para intentar liberarse, pero no había forma: metros y metros de ramas se descolgaban por el barranco. Supongo que me habré enredado con ellas al caer, pensó. Seguramente me habría partido el cuello de no haber sido así.

Permaneció quieto y volvió a escudriñar la cueva. Ahora que los ojos se le habían acostumbrado a la oscuridad, podía ver mejor las profundidades.

¡Había alguien ahí!

¡O algo!

*

Algo, o Alguien, tenía un montón de pelo negro enmarañado y dos ojos negros brillantes que miraban con seriedad a Barney.

—¡Hola! —saludó Barney.

Algo no respondió.

—Me he caído por el barranco —continuó Barney.

Alguien gruñó.

—Me llamo Barney.

Alguien-Algo hizo un ruido que sonó a «Stig».

—¿Podría ayudarme a desenredarme las piernas, señor Stig? —preguntó amablemente Barney—. Llevo una navaja de bolsillo —añadió, recordando que llevaba en el bolsillo una navaja que había encontrado entre las virutas del suelo en el taller de su abuelo. Era una navaja bastante buena, sólo que se había soltado una hoja y la otra estaba partida por la mitad y desafilada.

«Buena idea haberla metido en el bolsillo», pensó. Se retorció para poder alcanzar la navaja y logró abrir la hoja partida y oxidada. Intentó llegar a las ramas que tenía enredadas en las piernas, pero descubrió que era difícil cortar enredaderas con una navaja desafilada cuando se tienen los pies atados sobre la cabeza.

La Cosa sentada en el rincón parecía mostrar interés. Se levantó y se acercó a Barney. Ahora le daba la luz y Barney se alegró al comprobar que se trataba de Alguien, al fin y al cabo. «Curiosa forma de vestirse», pensó, «pieles de conejo en la cintura y ni zapatos ni calcetines.»

—¡Oh, uff! —exclamó Barney—. No llego a las piernas. ¡Hazlo tú, Stig!

Le tendió la navaja a Stig.

Stig la volteó, sopesándola con sus fuertes manos peludas, y probó la punta con el pulgar. Luego, en vez de intentar cortar las enredaderas, se puso en cuclillas y cogió una piedra partida del suelo.

«Va a afilar la navaja», pensó Barney.

Pero no, parecía más bien que estaba afilando la piedra. Valiéndose del duro cuchillo para pulirla, Stig raspaba con esmero pequeñas esquirlas en la punta del sílex, hasta que obtuvo una hoja fina y afilada. Después se levantó de un salto y con dos o tres cortes liberó a Barney de la enredadera que le ataba las piernas.

Barney se incorporó.

—¡Caray! —exclamó—. ¡Sí que eres listo! Seguro que mi abuelo no sabría hacer una cosa así, y eso que es un manitas.

Stig sonrió. Luego se alejó hacia el fondo de la cueva y escondió la navaja rota debajo de un montón de basura.

—¡Mi navaja! —protestó Barney. Pero Stig ni se inmutó. Barney se levantó y se acercó a la zona oscura de la cueva.

Nunca había visto nada semejante a la colección de piezas sueltas, cachivaches, baratijas y trastos viejos que esa criatura, Stig, tenía esparcida por su guarida. Había vértebras y piedras, fósiles y botellas, cáscaras y latas, millones de ramas y ovillos de lana. Había neumáticos de coche y sombreros de viejos espantapájaros, tuercas y tornillos y bolinches de bronce. Había una carbonera llena de bombillas eléctricas fundidas y una pila de lavabo con tornillos y clavos oxidados. Había helechos y periódicos a montones que parecían hacer las veces de cama.

Era como si a aquel lugar no le hubiesen dado nunca una mano de limpieza.

—Ojalá yo viviera aquí —dijo Barney.

Stig pareció entender que Barney aprobaba su hogar, y se le iluminó el rostro. Asumió los aires del dueño de la casa que muestra sus propiedades al visitante, y empezó a señalar algunas cosas de las que parecía sentirse particularmente orgulloso.

Primero, la fontanería. Había encajado, donde el agua se colaba por una grieta del techo de la cueva, el guardabarros de una bicicleta. El agua corría por allí, luego por el tubo de una aspiradora y terminaba cayendo en un bidón grande que llevaba unas letras inscritas. A un costado había un balón de plástico rigurosamente cortado por la mitad, y Stig lo usó para sacar agua y ofrecérsela a Barney. Barney le dio un trago antes de descifrar las letras del bidón. Ponía: HERBICIDA. Sin embargo, el agua solo sabía a óxido y a goma.

El fondo de la cueva estaba a oscuras. Stig se dirigió a la parte delantera, donde las brasas de un fuego apenas humeaban ya, las sopló, cogió un libro de debajo de su cama, arrancó una página, la enrolló, le prendió fuego y la llevó hasta una lámpara que había en una hornacina de la pared. Cuando llameó, Barney pudo ver que en realidad era una vieja tetera, rellenada con algún tipo de aceite y un cordón colgando por fuera a modo de mecha.

A la luz de la lamparilla, Stig fue a la zona más escondida de la cueva y se puso a golpear la pared y a señalarla, y a explicar algo en su extraña lengua de gruñidos. Barney no entendía una palabra pero reconoció el tono de voz, como cuando las personas mayores empiezan a decir: «Estoy pensando en derribar esto y construir aquí, y una vez hecho esto...» Stig había estado excavando la pared, ampliando su cueva. Se veía un barrote de un viejo somier que había usado de piqueta y una bañera para bebés a rebosar de caliza suelta para tirar.

Barney emitía esa clase de sonidos interesados que uno supuestamente debe hacer cuando le cuentan que están pensando en poner papel pintado plástico con dibujos de ratoneras en la pared, pero Stig se fue hasta un manojo de nabos que colgaba de un hurgón clavado en la pared, le ofreció uno a Barney, cogió otro para él y empezó a comérselo. Barney se sentó encima de un fardo de viejas revistas atado con cuerdas y mordisqueó el nabo. El nabo era fresco, por lo menos, y le sabía mejor que la crema de espinacas que había escondido debajo de la cuchara durante la cena.

Barney miró a Stig. «Mira por dónde, he descubierto a un vecino de lo más curioso», pensó. Stig no sería mucho más grande que él, pero sí muy fuerte, y sus manos parecían más hábiles que su rostro. Pero ¿cuántos años tenía? ¿Diez? ¿Veinte? ¿Una centena? ¿Un millar?

—¿Llevas mucho aquí? —preguntó Barney.

Stig volvió a sonreír.

—Mucho —contestó—. Mucho, mucho, mucho. —Pero parecía más un eco, o un loro imitando a alguien, que una respuesta a su pregunta.

—Yo estoy en casa de mi abuela —dijo Barney. Stig se limitó a mirarle. «Bueno, vale», pensó Barney, «si no le apetece hablar, no importa.» Luego se levantó.

—Será mejor que me vaya —anunció—. Gracias por tu hospitalidad. ¿Puedes devolverme la navaja, por favor?

Stig seguía con una expresión de desconcierto.

—Navaja —repitió Barney, haciendo ademán de cortar con la mano. Stig cogió del suelo de la cueva el sílex que había afilado y se lo dio a Barney.

—¡Uau! ¿Para mí? —exclamó Barney—. ¡Gracias!

Miró la piedra, dura y brillante, casi como un diamante y mucho más útil. Luego se la metió en el bolsillo, volvió a despedirse y salió por el bajo umbral del refugio.

La tarde otoñal avanzaba y en la cantera reinaba la penumbra. Barney conocía una salida justo en el otro extremo de la cantera y si daba toda la vuelta podría llegar a su casa. Se oían susurros entre las hojas secas y sonidos sordos entre los zarzales, pero en cierto modo Barney descubrió que no le preocupaban. Notaba la pesada piedra en su bolsillo y pensaba en Stig, en su guarida debajo del barranco. Era imposible encontrar algo más raro que Stig, lo mirases por donde lo mirases. Y, bueno, Stig era su amigo.

Cuando regresó a casa, su abuela y su hermana Lou volvían de dar de comer a las gallinas.

—¿Dónde te habías metido? —preguntó su abuela.

—He ido a la cantera —respondió Barney.

—¡Tú solo! —exclamó Lou.

—Sí, claro —dijo.

—¿Y qué has estado haciendo? —preguntó su abuela.

—Pues me he caído y me he golpeado la cabeza.

—¡Pobrecito Barney! —dijo Lou riendo.

—Pero no ha pasado nada —prosiguió Barney—, porque he conocido a Stig.

—¿Quién es Stig? —preguntaron al unísono.

—Pues es como un chico —contestó Barney—, solo que lleva pieles de conejo y vive en una cueva. Obtiene agua por una aspiradora y llena su bañera de tiza. Es mi amigo.

—¡Válgame Dios! —exclamó su abuela—. ¡Qué amigos más raros tienes, cariño!

—Lo que quiere decir es que ha estado jugando al Hombre de las Cavernas —explicó Lou para ayudar—. Stig no es más que un amigo imaginario, ¿verdad Barney?

—¡No, es totalmente real! —protestó Barney.

—Pues claro que es real —sonrió su abuela—. ¡Ya vale, Lou, no te burles de Barney!

—Imaginemos que Stig es un brujo malvado que vive en una cueva y convierte a la gente en piedra —empezó Lou con entusiasmo. Siempre andaba inventando historias y juegos.

—No —dijo Barney sin alterarse, notando la piedra afilada en su bolsillo—. Stig es bueno. Es mi amigo.

Esa noche guardó la piedra debajo de la almohada y se imaginó a Stig en la cantera, durmiendo en su cama de helechos y viejos periódicos. Deseó poder vivir siempre en casa de su abuela para llegar a conocerle a fondo, pero sus vacaciones se acababan dos días después. Daba igual, le haría una visita a Stig por la mañana.

2. Excavando con Stig

Era una preciosa mañana de otoño y afuera el rocío había humedecido por completo la hierba. Barney engulló el desayuno todo lo rápido que pudo.

—¿Qué te apetece hacer hoy? —le preguntó su abuela mientras se tomaba el café—. Tengo que ir a Sevenoaks esta mañana. ¿Quieres venir conmigo?

A Barney se le cayó el alma a los pies. ¿Ir a Sevenoaks? No era mala idea si uno no tenía otra cosa que hacer, pero él tenía que ir a ver a Stig.

—No, gracias, yaya —dijo—. Creo que no me apetece ir a Sevenoaks.

—Pero ¿estarás bien ganduleando tú solo por ahí?

—Sí, gracias. Eso es lo que quiero: gandulear. Con... con Stig.

—Ah, ya veo —sonrió la yaya—. Con tu amigo Stig. Bueno, como la señorita Pratt estará aquí toda la mañana, puedes quedarte con ella si quieres. Y con Stig, claro.

Lou dijo que le gustaría ir a la ciudad porque no tenía ningún interés especial en jugar con Stig. Barney comprendió, por cómo lo decía, que Stig le seguía pareciendo un amigo imaginario, pero no había ningún problema. Si no quería conocer a Stig, no era necesario.

—¿Puedo irme ya? —preguntó Barney.

—Está bien —asintió la yaya—. ¡Ponte las botas! —voceó mientras Barney salía disparado por la puerta.

Los pies de Barney dejaban huellas oscuras en el rocío al pisar el césped de camino a la cantera. Entonces se detuvo y permaneció quieto en medio del césped. ¿Y si no encontraba a Stig después de todo?

El sol brillaba. Las hojas amarillas caían revoloteando del olmo a la hierba. Un petirrojo erizaba el pecho en un rosal y chilló al verle. De pronto, el propio Barney dudó de la existencia de Stig. No era *un día muy Stig*, como el anterior, cuando se había caído en la cantera.

Porque se había caído, ¿verdad? Todavía notaba el dolor en el cogote. Sí, era bastante real. Se había caído y golpeado la cabeza. Ya, pero ¿y qué? Cuando uno se daba un golpe en la cabeza pasaban cosas raras. A lo mejor solo se veían Stigs cuando uno se caía y se golpeaba la cabeza, pero lo cierto es que no quería tirarse por el barranco otra vez y golpearse la cabeza de nuevo.

¿Era Stig una persona a la que se podía llamar como a cualquier otro niño para jugar al final de la calle? Tenía que descubrirlo, ¡pero no quería ir a la cantera y encontrar... nada! Permaneció con las manos en los bolsillos en medio del césped; sus dedos jugueteaban con algo duro en el bolsillo izquierdo de los pantalones.

Entonces recordó algo y sacó lo que tenía en la mano. ¡Pues claro, el sílex! Observó cómo centelleaba a la luz del sol, cual diamante negro con su pulido diseño. ¡Había visto a Stig mientras lo hacía! De eso no le cabía la menor duda. ¡Pues claro que Stig era real!

Echó a correr otra vez, saltó la valla del cercado y anduvo por la crecida y húmeda hierba. El soto que rodeaba el borde de la cantera se veía umbrío más allá del soleado césped.

Cuando iba por la mitad del cercado, aminoró el paso y volvió a detenerse.

Algo en el fondo de su mente le decía que había visto fotos de sílex pulidos en libros, y otros auténticos en museos, y que habían sido tallados hacía miles de años por gente ruda que ya no existía. Después de encontrar los sílex, los habían expuesto en vitrinas con letreros encima. A lo mejor él solo había encontrado uno de esos sílex y se había imaginado el resto.

Y, suponiendo que no se hubiera imaginado a Stig, ¿era la clase de persona a quien le gustaba que fueran a buscarla para ir a jugar?

Bueno, se dijo, lo único que quería realmente era ver el sitio donde se había caído el día anterior. Echar otro vistazo al vertedero. Y además estaba aquella bicicleta.

Se acercó a la linde del cercado. Un matojo de hierba oscura saltó bajo sus pies y se alejó de un bote hacia un zarzal, enseñando una cola blanca y dos largas orejas. Barney se sobresaltó, pero no era más que un conejo. Corrió tras él, pero había desaparecido en la espesura de la maleza.

Armándose de valor, Barney trepó por la valla y se acercó con cuidado al borde de la cantera, asegurándose esta vez de quedarse cerca de un árbol grande que parecía bien enraizado en la ladera, y asomó la cabeza.

Vio la zona de tierra cruda y caliza blanca donde el suelo había cedido bajo sus pies, las enredaderas que se balanceaban más abajo y trozos de caliza partida esparcidos por el fondo. Estiró el cuello para ver el agujero que había hecho en el tejado del refugio.

Había una pila de ramas y basura al pie del barranco, pero ningún boquete. Ni rastro del agujero, ni del tejado, ni de la guarida... ni de Stig. Aguzó el oído. Un mirlo que revolvía las hojas secas en busca de gusanos armaba más ruido del que cabía esperar para su tamaño, pero, aparte de eso, la cantera estaba silenciosa y vacía.

Barney se alejó del borde y saltó la valla que daba al sol del cercado, profundamente pensativo. Miraba la piedra que tenía en la mano y notaba el golpe en la cabeza. Había visto la zona de tierra cruda donde el suelo había cedido. Recordaba que se había estampado contra una especie de tejado, dejando un gran agujero. Y, sin embargo, no existía tal agujero.

Así que no podía haberlo hecho.

Pero tenía que haber aterrizado en algún sitio. Y en su cabeza tenía la clara imagen de sí mismo mirando a través de un agujero a un lado del barranco y las nubes pasando por el cielo.

Y, de improviso, así de pie en medio del cercado, dio un respingo, pues la respuesta le vino igual que la solución a un problema de mates.

¡Si no había un boquete era porque alguien lo había reparado! Stig no era la clase de persona que deja un agujero en su tejado por mucho tiempo. ¡No su amigo Stig!

De repente todo encajaba: la aventura del día anterior en *aquella tarde tan Stig,* el golpe en la cabeza, el sílex y esa luminosa mañana de otoño en la que iba a visitar a su amigo Stig. Y veía bastante claro en su cabeza lo que haría a continuación y cómo lo haría.

Barney volvió disparado como una flecha al huerto de su casa. ¡Regalos para Stig! Cuando se visitaba a alguien en esta estación del año siempre se le llevaba algo del huerto: los tomates no podía embotellarlos y tampoco tenía espacio para almacenar manzanas. Buscó alguna fruta caída al pie del viejo y enorme manzano. Había algunas manzanas grandes, difíciles de transportar sin un capacho, pero se las metió en la camiseta, asegurándose primero de que no tenían avispas. ¿Qué más? Vio un manojo de zanahorias, ¡su hortaliza favorita! Zanahorias sí que le dejaban arrancar, pues eran buenas para los dientes, de modo que arrancó unas cuantas de buen tamaño y les quitó la tierra con los dedos. Luego tuvo una idea y corrió al cobertizo, donde encontró un ovillo de cuerda para el huerto. No pasaba nada porque la tomara prestada. Regresó a toda prisa atravesando el huerto, saltó la valla y cruzó el cercado que daba al soto por entre zarzales y hojas muertas hasta el borde de la cantera.

Se acomodó en el tronco del árbol que se curvaba sobre la cantera como el cuello de un camello y volvió a observar con cuidado todo lo que podía ver. El borde roto del barranco, así como las plantas trepadoras, estaban allí, y en el fondo yacían los pedazos de caliza que se habían hundido con él. Y ahora que lo miraba bien, vio un trozo de linóleo nuevo; bueno, no exactamente nuevo, nada en el vertedero era nuevo, pero se veía que no hacía mucho que lo habían puesto porque no estaba cubierto de musgo, como suelen estarlo las cosas que llevan ahí mucho tiempo. Y vio, a un costado del montón de ramas y cosas que hacían las veces de techo del cobertizo, un sendero apenas visible en el fondo de la cantera que conducía a la entrada de la guarida.

Encontró el cabo de cuerda del ovillo y la ató al manojo de zanahorias. Luego empezó a soltar la cuerda, con las zanahorias balanceándose en el extremo, hacia el fondo de la cantera. Deseó que fuese lo bastante larga. Siempre parecía que había miles de metros de cuerda en un ovillo, pero el ovillo disminuía a medida que iban bajando las zanahorias, hasta el punto de que temió que no llegase al fondo. ¡Porras! Apareció un nudo, una auténtica maraña de hilos embrollados como un nido de araña, y tuvo que parar para deshacerlo. Por fin, todavía con un pedazo de cuerda en la mano, las zanahorias oscilaban a la altura del umbral de Stig. Como el asiento de Barney no daba exactamente sobre la puerta, tuvo que balancear las zanahorias hacia delante y hacia atrás, cubriendo todo el espacio del fondo de la cantera que quedaba por debajo de él, hasta lograr que golpeasen la puerta como cinco dedos rosados. Barney se tronchaba tanto por dentro de la broma que le estaba gastando a Stig, que se olvidó de tener vértigo.

—¡Stig! —gritó hacia el fondo de la cantera—. ¡Buenas, Stig! ¡Estoy llamando a tu puerta!

Y, de improviso, la despeinada cabeza de Stig asomó por debajo del montón de ramas y se quedó parada, meneándose de un lado a otro, siguiendo el vaivén de las zanahorias como un gato que observa un péndulo. Barney casi se cae del árbol de la risa.

—¡Hola, Stig! —saludó—. ¡Buenos días! Soy Barney, ¿te acuerdas de mí? ¿Cómo estás?

Stig miró hacia arriba y, por un momento, a Barney le asustó un poco su feroz ceño fruncido, y se alegró de estar arriba, fuera de su alcance. ¿Había sido buena idea gastarle una broma a Stig? A lo mejor no tenía lo que los adultos llamaban «sentido del humor». ¿Tenían los Stigs sentido del humor?

Pero cuando Stig descubrió quién estaba sentado arriba, su cara cambió de pronto, sus grandes dientes blancos se mostraron en una amplia sonrisa, agitó los dos brazos por encima de la cabeza y se puso a brincar en el fondo de la cantera para mostrar lo contento que estaba.

—¡Agarra una zanahoria, Stig! —gritó Barney—. Para ti —dijo señalando a Stig—. Para comer —añadió—. ¡Buena para los dientes! —exclamó, dando mordiscos en el aire. Stig atrapó las zanahorias al vuelo cuando le pasaron cerca, las miró bien, las olió y acto seguido se metió una en la boca y la mascó. Alzó la vista hacia Barney, sonriendo con la boca llena, para mostrarle que le gustaba su regalo, y luego hizo gestos que indicaban claramente que Barney tenía que bajar.

—Bueno, esta vez no voy a saltar —dijo Barney—. Y esta cuerda es demasiado fina como para descolgarme por ella. ¡Voy a dar toda la vuelta! —dijo, haciendo movimientos en círculo con los brazos. Se apeó del árbol y recorrió todo el camino que rodeaba la cima de la cantera hasta la parte llana por donde había salido la noche anterior.

Le costó más encontrar la entrada de la guarida de Stig por el suelo de la cantera de lo que le había costado encontrar la salida la víspera. El vertedero parecía diferente, más alegre: la luz solar se proyectaba de lleno en las doradas hojas otoñales, y las semillas de los fresnos y los sicomoros caían en espirales desde lo alto, pero la cola de avión no era más que un trozo de una máquina agrícola y el timón de barco era la rueda escacharrada de una carreta. También estaba la bici, tan solo un cuadro oxidado con los frenos colgando y hechos trizas. Pero daba igual, había descubierto algo mucho más interesante, y lo había visto y había hablado con él en pleno día. Un Stig de carne y hueso, y se disponía a hacerle una visita.

Eso si es que lograba abrirse paso entre las ortigas gigantes.

De repente, ahí estaba Stig, yendo a su encuentro a través de un ortigal, como si los pinchos no le hiciesen nada. Barney se detuvo. ¿Y ahora qué? ¿Darse la mano? ¿Frotarse las narices? ¡No, espera! Recordó las manzanas que se había guardado en la camiseta, sacó una y se la tendió a Stig, en la palma de la mano, como si intentase hacerse amigo de un caballo.

—Espero que te hayan gustado las zanahorias, Stig —dijo Barney—. ¡Prueba una manzana! —Stig cogió la manzana con buenos modales, entre el índice y el pulgar, no con los dientes, como en cierto modo esperaba Barney, y la olisqueó. Barney cogió otra manzana para él y le dio un mordisco.

—¡Rica! —exclamó—. ¡Deliciosa!

Stig dio un mordisco a la suya, pareció gustarle, sonrió y ambos fueron caminando a la guarida, masticando las manzanas. Stig atravesó las ortigas y, por lo que Barney pudo ver, sí que le pinchaban y le hacían bultos en la piel como a las demás personas, solo que a él no le molestaba. Barney, en cambio, sorteó las ortigas en la medida de lo posible. Le pincharon una o dos veces, pero decidió no protestar. Los Stigs ni se inmutan con las espinas, pensó, así que mejor no quejarse.

Stig encabezaba el trayecto a la guarida. Barney vio varios montones nuevos de caliza blanca cerca del sendero y recordó el túnel nuevo que había visto el día anterior, y la bañera para bebés llena de caliza.

—¿Has estado excavando, Stig? —preguntó, señalando los montones de caliza. Stig sonrió y meneó la cabeza.

La cueva donde vivía Stig era oscura y hacía sombra incluso en un día tan soleado, y la guarida, una vez tapado el agujero del techo, era más oscura todavía. La lámpara tetera parpadeaba y arrojaba una luz tenue a la guarida y el lugar donde Stig había estado excavando, pero no era demasiado viva.

Ahora que lo pienso, reflexionó Barney, los conejos y los bichos que viven en agujeros no tienen nada de luz. Pues menudo rollo, sin ventanas. ¿No podía él encontrar una ventana para Stig?

Pero lo que empeoraba las cosas era que Stig había encendido un pequeño fuego en la zona de la guarida. Seguramente acababa de encenderlo, porque Barney no había visto humo desde el tronco donde había estado sentado. El humo estaba inundando la guarida, y no tenía ninguna salida aparte de colarse por los resquicios del tejado. A Barney le lloraban los ojos por su culpa, pero supuso que era otra de las cosas que debía aguantar, como las ortigas. De todas formas, el sitio bien podría tener una chimenea, igual que ventanas.

Los ojos empezaron a acostumbrársele a la oscuridad y pudo ver que el túnel al fondo de la cueva se adentraba más en la caliza de lo que le había parecido. Las herramientas de excavar estaban tiradas por el suelo: el barrote del somier, un limpiabarros roto de hierro fundido y una barra de hierro como la que había visto usar a su padre para levantar el automóvil con el gato.

Stig le tendió otro nabo a Barney, pero a Barney no le apetecía un nabo poco después del desayuno.

—¿Puedo ayudarte, Stig? —preguntó—. Imagino que tendrás faena. —Fue al final del túnel, cogió el barrote del somier y se puso a golpear la pared de caliza. No era tan fácil como se había figurado. Aquí, la caliza del interior del cerro era firme, no quebradiza como por fuera, donde calaba la lluvia. Los porrazos de Barney con la incómoda pieza de metal solo consiguieron romper algunos trocitos de caliza, y pronto se quedó sin aliento.

Stig, que había estado observándolo, le quitó la herramienta de las manos y le enseñó cómo excavar un agujero al pie de la pared de caliza; luego derribó grandes pedazos que cedieron fácilmente porque no estaban sujetos por abajo. Pronto se formó una pila de caliza y Barney la volcó con sus manos en la pequeña bañera de hojalata. Una vez llena, intentó arrastrarla a duras penas por el suelo de la cueva hasta la entrada. Stig le ayudó, y entre los dos descargaron la caliza fuera de la guarida y la tiraron. Pero Barney observó que Stig procuraba dejarla lejos de su puerta. Supuso que si la gente veía nueva caliza amontonada, sospecharía algo.

La segunda vez Stig le dejó excavar a él, y Barney enseguida aprendió a cortar por abajo y a dejar que se desplomase por arriba. De cuando en cuando se topaban con algún pedernal enorme incrustado en la caliza, como un monstruo fósil con nudos y bultos, y tenían que picar a su alrededor, retorcerlo y aflojarlo como un diente hasta que se soltaba, por lo general desprendiendo mucha caliza de paso. Trabajaron alegremente durante un buen rato, turnándose para excavar y cargar, y de cuando en cuando hacían una pausa para beber un trago de agua de la lata o comerse una refrescante manzana.

Los pantalones vaqueros de Barney estaban blancos del polvo de la caliza, que le cubría también el pelo y las uñas. Entonces se preguntó qué diría su abuela... ¡Y entonces se preguntó qué hora sería! Pese a las manzanas, sus tripas le decían que debía de ser la hora del almuerzo.

—¿No tendrás un cepillo para la ropa, verdad, Stig? —preguntó. Stig lo miró perplejo y Barney decidió que probablemente no tenía. Su mirada fue a parar a la tubería improvisada de Stig. Alguien había tirado una aspiradora, por lo que debía de haber uno de esos cepillos en alguna parte. Estaba bastante seguro de haber entrevisto uno, fijado como una especie de pieza con forma de «T» en el extremo de un palo largo y delgado que ayudaba a sostener el techo. Calculó que el tejado aguantaría un poco mientras él se quitaba el grueso del polvo blanco con la punta de la aspiradora, y así lo hizo. Stig lo miraba con la boca abierta, preguntándose por qué Barney tenía que desmontar parte de su tejado para limpiarse la ropa.

—Tienes suerte, Stig —dijo Barney—. A ti nadie te pregunta por qué te has ensuciado. Ahora tengo que irme. Debe de ser casi la hora de almorzar. Una pena no poder invitarte a almorzar, pero... —Pero, en verdad, pensó, de momento nadie más cree en él.

—Volveré por la tarde —dijo Barney desde la puerta—. Gracias por dejar que te ayude. ¡Adiós!

La abuela y Lou llegaron tarde de la ciudad, por lo que tuvo tiempo de quitarse la tiza de las uñas y el pelo y de presentarse en el almuerzo con un aspecto bastante respetable. Estaban demasiado ocupadas hablando de cómo habían pasado la mañana como para interrogarle demasiado sobre lo que había estado haciendo él.

Cuando llegó la compota de manzana se atrevió a preguntar como si nada:

—Yaya, ¿tienes alguna cosa que no quieras?

—¿Cosas que no quiera, cariño? —repitió su abuela—. ¿Qué clase de cosas? ¿Sabañones? ¿Nietos?

—No, yaya. Me refiero a cosas como ventanas y chimeneas.

La abuela lo meditó un momento y luego dijo que no se le ocurrían cosas como ventanas y chimeneas excepto ventanas y chimeneas, y pensaba que la casa solo tenía las justas. Y Lou se limitó a reír y a decir:

—¡De verdad, Barney!

Después la abuela dijo que eso le había recordado que tenía pensado sacar a la puerta algunas latas y tarros de mermelada para el basurero, y que a lo mejor Barney era un sol y se encargaba de hacerlo él.

*

Había más tarros de mermelada de los que Barney hubiera imaginado nunca, y bastantes latas útiles, de las que llevan tapa. Barney los miró. El basurero no daría las gracias por ellos, pensó. ¿Por qué no iba a tenerlos Stig?

Recordó una caja grande de madera a la que el abuelo le había fijado unas ruedas para que él y Lou pudiesen usarla de carretilla. Buscó por la casa y la encontró entre la leña, pero todavía conservaba más o menos rectas las cuatro ruedas y el trozo de cuerda delantera para tirar de ella. La cargó de tarros y latas, y le pareció que pesaba bastante cuando cruzó el cercado con ella. Miró a Flash, el poni, que luchaba con unas matas de césped crecido, y le gritó bastante enfurruñado:

—¡Deberías venir y ayudarme a empujar en vez de quedarte ahí parado! —Pero sabía que Flash era muy testarudo cuando Lou quería montarlo, no digamos ya si debía tirar de una carreta. El poni se limitó a mirarle, sacudiendo de vez en cuando la cabeza para espantar las moscas de la tarde.

Cuando Barney alcanzó por fin el extremo de la cantera con la carga, estaba bastante cansado, pero aún quedaba el problema de llevarla hasta abajo. Se sentó en el tronco con forma de cuello de camello. La cuerda seguía ahí. Era una de esas marrones y gruesas, y pensó que sería lo bastante fuerte como para soportar el peso de unos cuantos tarros.

Llamó a Stig y al cabo de un momento Stig apareció de espaldas, como un tejón con su lecho, arrastrando una carga de caliza.

—¡Tengo algunas cosas para ti, Stig! —gritó Barney. Subió la cuerda y ató un cabo a la pila de tarros. Unos ocho iban empaquetados en una caja de cartón. Como bajarlos uno a uno le iba a llevar demasiado tiempo, ató la cuerda alrededor de la caja, que dejó caer con mucho cuidado pegada al árbol, y empezó a bajarla.

Eso no era tan fácil como bajar las zanahorias. La caja se balanceaba mucho, la cuerda alrededor comenzó a resbalar y el tramo que sujetaba Barney casi se le escapó de los dedos y le quemó las manos. Entonces la pasó por un codillo y fue soltándola poco a poco en círculo, casi sin atreverse a mirar abajo para ver lo que pasaba. Deseó que Stig no recibiese un tarro en la cabeza.

La caja colgaba de una esquina cuando tocó suelo, pero en lugar de desatarla, Stig desapareció en su guarida.

—¡Eh! ¡Stig! ¡Desátala! —le exhortó Barney—. Aún quedan más.

Stig salió de nuevo con lo que quedaba de un sombrero femenino de paja y ala ancha, con cintas que servían para sujetarlo por debajo de la barbilla. Desató la cuerda de la caja y la ató a las cintas. Así hacía las veces de eslinga muy útil.

—¡Qué idea tan chula, Stig! —exclamó Barney. Stig tiene sesera, pensó.

Luego fue todo bastante fácil. Barney tiraba del sombrero hacia arriba, lo llenaba de tarros, lo bajaba con la cuerda dando vueltas alrededor del codillo, aguardaba a que Stig lo descargase, lo subía otra vez, y vuelta a empezar. Cuando se le acabaron los tarros, empezó con las latas, que eran mucho más ligeras. Y cuando hubo bajado todas las latas, miró la carretilla.

¿Cuánto aguanta una cuerda?, se preguntó. ¿Podía bajar la carretilla con el mismo sistema? Si no, tendría que dar toda la vuelta con ella por arriba y después bajarla al fondo de la cantera.

Pasó la cuerda alrededor del codillo varias veces, dejando bastante tramo suelto para que le alcanzase a atar la carretilla, se encorvó sobre el tronco del árbol, ató la cuerda a una rueda de la carretilla, retrocedió por el tronco y tiró de la carretilla hacia él con la cuerda. La carretilla dio un tumbo en el borde del barranco y se balanceó bruscamente en la cuerda, que salió tan disparada que Barney no pudo frenarla, hasta que un nudo la detuvo con una sacudida, la cuerda se rompió y la carretilla cayó en picado hacia el hoyo.

Barney se aferró al árbol como si le fuera la vida en ello, con la cara contra la corteza cubierta de musgo y los ojos cerrados. Se sintió débil y mareado.

Al final se atrevió a mirar abajo. Al principio no pudo ver la carretilla. Luego vio que había aterrizado en las ramas de un viejo árbol y colgaba de ellas tan felizmente.

—He mandado la carretilla abajo —gritó a Stig—. Puede ser de utilidad.

Seguía notando lo que su abuela solía llamar frío-y-calor-por-todo-el-cuerpo, pero bajó con cuidado del árbol a tierra firme y, dando todo el rodeo, llegó a la cantera. Lástima no bajar también él con la cuerda, pero no, pensó, no era el momento de intentarlo.

Pero su idea de bajar las cosas con la cuerda había sido buena, pensó mientras caminaba por el soto. Ya buscaría más latas y tarros de mermelada para Stig otro día. Deseó que le gustaran. Le vendrían muy bien para... para... En fin, esas cosas siempre venían bien. Si se conservaban el tiempo necesario.

Cuando llegó a la guarida, Stig había desenredado la carretilla del árbol y estaba agachado observándola, y también las latas y los tarros. Entonces Barney se preguntó qué iban a hacer con ellos.

—Esto son tarros de mermelada, Stig —le explicó—. Se rellenan con mermelada y compota, y también puedes usarlos para meter cosas dentro, como arroz y café y eso. —Pero ¿quería Stig guardar arroz y café en su guarida?— Y esto son latas. Ahora están vacías, claro, pero las latas llevan todo tipo de cosas. Melocotones y alubias cocidas. Tienes que abrirlas con un abridor como éste.

Se sacó del bolsillo un abrelatas que solía llevar encima. Era de esos con una manivela de mariposa a la que había que darle vueltas. Para enseñarle cómo funcionaba, lo colocó en la tapa inferior de una de las latas vacías y giró la manivela. El abridor se deslizó en curva por el borde de la lata, la hoja cortó el metal y, al punto, el disco de metal redondo y brillante se soltó.

Stig estaba fascinado. Miró el trozo de hojalata redondo y plano que había sido el fondo de la lata, miró el tubo vacío que era todo lo que había quedado de ella. Y cogió el abrelatas y giró la manivela, pero no acababa de entenderlo.

—Es muy fácil Stig. ¡Mira! —Barney cogió otra lata, colocó el abridor en la parte inferior y le enseñó cómo funcionaba. Y salieron otra plancha redonda y otro tubo de hojalata. Luego le tocó el turno a Stig de hacer un nuevo intento y repitieron la operación con una tercera lata.

Una de las latas se había aplastado bastante, pero eso le dio una idea a Barney de cómo usarla. La recogió del suelo, dejó a Stig entretenido con las demás y remolcó la carretilla dentro de la guarida, hacia donde Stig había estado extrayendo caliza. Había muchos escombros por el suelo y Barney se puso manos a la obra, amontonándolos en la carretilla con ayuda de la lata aplastada. Sin duda, era mejor que hacerlo con las manos, pese a que no tenía la forma exacta de una pala. Luego la martilleó con una piedra entera y le dio una forma de pala bastante práctica, semejante a la que usaba el tendero del pueblo para llenar de azúcar las bolsitas de papel.

Barney trabajó duro hasta llenar la carretilla hasta los topes. Cabía mucha más caliza que en la bañera y, como tenía ruedas, podía empujarla con bastante facilidad.

—¡Mira, Stig! —exclamó cuando pasó por donde estaba sentado—. Mira toda la caliza que he cargado. —Pero era evidente que Stig estaba demasiado ocupado como para prestarle atención.

Barney empujó la carretilla hasta el lugar donde vertían la caliza y volcó la carga. Luego volvió corriendo a la guarida, con la carretilla vacía rebotando en el suelo detrás de él. A la vuelta, Stig seguía allí sentado, rodeado de discos de hojalata y tubos vacíos, y a punto de quitarle el fondo a la última lata.

—Stig, ¿qué estás haciendo? —exclamó Barney—. ¡Ahora ya has estropeado todas las latas! ¡No se pueden guardar cosas en latas sin fondo! —Estaba enfadado de verdad. ¿Para qué servían un montón de tubos de hojalata sin topes?

Stig se dedicaba a jugar con los tubos. Al parecer, se le había ocurrido la idea de colocar uno dentro de otro, pero seguro que no funcionaría porque todos tenían exactamente el mismo tamaño. No obstante, uno que estaba un pelín abollado sí que encajó dentro de otro, lo que pareció complacerle sobremanera.

Barney pensó que era un poco infantil por parte de Stig quedarse ahí jugando como un niño con cubos de plástico, cuando quedaba tanto trabajo por hacer, pero Stig se estaba tomando muy en serio el problema de encajar las latas. Descubrió que si abollaba un poco el extremo de una podía hacer que encajase en la siguiente, y enseguida consiguió encajar cuatro o cinco como si fueran el tubo de una chimenea.

¡El tubo de una chimenea! Barney sabía que había algo que Stig necesitaba desesperadamente.

—¡Qué astuto eres, Stig! —dijo—. ¡Has hecho una chimenea!

Stig lo miró perplejo. No sabía que necesitaba una chimenea. No sabía lo que era una chimenea. Ciertamente había hecho una, pero de no haber sido por Barney, nunca lo habría sabido.

Juntos, encajaron todas las latas hasta obtener un conducto más alto que cualquiera de los dos. Con Barney dirigiendo la operación, lo llevaron a la humeante guarida, donde era demasiado largo para sostenerse recto.

—Ahora solo nos queda encajarlo en el techo —dijo Barney.

Stig lo miró dudoso, pero entre ambos consiguieron con bastante facilidad meterlo por una grieta que había entre el trozo de linóleo y una lámina de uralita. ¿Y ahora qué? No podían dejarlo suspendido sobre el fuego.

—¡Ya lo tengo! —exclamó Barney—. ¡La bañera!

Dejó a Stig sosteniendo pacientemente la chimenea y fue a buscar la bañera. ¡Qué suerte! Tenía un agujero oxidado en el fondo que, al darle un poco con el limpiabarros, se agrandaría lo bastante para encajar la chimenea por dentro. Stig empezaba a adivinar vagamente lo que Barney intentaba hacer. Entre los dos hicieron un hogar con bloques de caliza y grandes pedernales y arriba apoyaron la palangana vuelta del revés. Ya tenían repisa y chimenea, con el humero saliendo del agujero de la bañera volcada, atravesando el techo y dando al aire libre.

Barney encendió el fuego —preparado por Stig tan pronto como construyeron la chimenea— y echó algunos papeles más y ramitas. En cuanto el humo encontró la vía, salió rugiendo por el tubo. Corrieron fuera y allí estaba, asomando por lo que parecía un auténtico cañón de chimenea. Stig lo miraba fascinado.

—Ahí la tienes, Stig —dijo Barney—. Ahora que ya tienes una chimenea como es debido, la gente puede venir a visitarte sin que se le llenen los ojos de humo.

La verdad es que a Stig no parecía importarle demasiado que se le llenase todo de humo, pero estaba tan contento con su chimenea como con un juguete nuevo, y seguía echando leña menuda y hojas a la lumbre para poder salir fuera y ver cómo salía el humo por el otro extremo. Y Barney estaba tan orgulloso de su invento, que miró a su alrededor en busca de algo más que inventar.

Vio la pila de tarros de mermelada. ¿Para qué los había traído? Resultaría muy aburrido usarlos solo para guardar alimentos. La guarida de Stig no era esa clase de sitio. Tenía que idear un nuevo modo de utilizar los tarros.

¿Qué era lo que más necesitaba la casa de Stig? Había pensado en una chimenea, y ya la tenía. Una chimenea y... ¡Sí, una ventana! Una ventana.

A ver, las ventanas estaban hechas de cristal, y los tarros de mermelada también. Sí, pero ¿y la forma? Las puertas estaban hechas de madera y las pinzas de tender también; los barcos estaban hechos de acero y los abrelatas también, pero no podías sacar un barco de un abrelatas o una puerta de unas pinzas. La forma no cuadraba.

No era posible aplanar el cristal a base de martillazos, ¿verdad? Cogió el limpiabarros. No, claro que no.

Stig había apilado los tarros uno encima de otro, tumbados de lado. Así puestos, parecían una pared de cristal. Pero rodaban de un lado a otro y, claro, había huecos entre ellos.

Barney miró una de las paredes de la guarida, la más oscura, y realmente necesitaba ventanas. Estaba hecha con cajas de madera del vertedero, con la parte de abajo hacia fuera y la parte superior abierta hacia dentro. Cogió la herramienta de excavar y golpeó la parte de abajo de una. Ahora era un cuadrado abierto por donde entraba la luz. Pero también entraba el viento, y Stig no parecía nada contento con la idea de sentarse en una corriente de aire.

A los Stigs les gustaba estar calentitos, pensó Barney.

Fue a por los tarros y los apiló en el marco de la caja. Encajaban bastante bien, entraba luz, pero también la corriente de aire.

Stig se levantó y miró los huecos entre los tarros, gruñó y salió de la guarida. Barney lo siguió con curiosidad. Con Stig a la cabeza, fueron por el pie del barranco hasta donde se había producido un desprendimiento de tierras no hacía mucho y un pedazo considerable del barranco había caído en una pieza. Entre el mantillo del suelo y la caliza había una capa de arcilla roja, un material blanducho y húmedo con el que se podían hacer figuritas de animales. Stig se puso a escarbar terrones de arcilla con los dedos, y Barney encontró otra buena mina de arcilla e hizo lo mismo. Cogieron tanta arcilla como pudieron cargar hasta la guarida, y desde fuera Stig comenzó a rellenar los huecos entre los tarros de mermelada. Fueron necesarios otros dos viajes para que los tarros quedasen bien incrustados en la arcilla, y luego Barney limpió cuidadosamente las manchas del fondo de los tarros con un trapo.

A continuación se quedaron admirando la ventana. Incluso se hicieron muecas, el uno desde dentro y el otro desde fuera, porque casi se podía ver a través de los tarros. Además, funcionaba, pues dejaba pasar la luz, aunque ya estuviera avanzada la tarde y no hubiera mucha luz que dejar pasar.

—Bueno, bueno —dijo Barney—. ¡Sanseacabó! —Frase que había oído decir a su abuelo más de una vez al terminar una chapuza.

Barney estaba cansado después de tantos inventos como se le habían ocurrido. Fue a sentarse y entonces vio, esparcidos por el suelo, todos los discos de hojalata que Stig había cortado, y los recogió. Seguro que también podían servir para algo. Volvió junto a la ventana y descubrió que los discos encajaban perfectamente en los extremos de los tarros si los presionaba contra la blanda arcilla. Y además había suficientes.

—¡Ya está, Stig! —exclamó—. Mira, como en un barco, para tapar los ojos de buey. Si no quieres que la gente mire dentro. O para quedarte a oscuras.

La brisa de la noche traía la sensación de una acechante oscuridad y de que sería acogedor sentarse junto al nuevo hogar y ver salir el humo por la tubería, pero Barney recordó algo de súbito y se incorporó con la boca abierta.

—Stig —dijo—. Tengo que volver a casa. A casa de mis padres, quiero decir. Seguramente no volveré a casa de la abuela hasta Navidades.

Stig lo miró.

—Stig —continuó Barney—. Cuando vuelva otra vez, estarás... estarás aquí aún, ¿verdad?

Stig no respondió, pero se acercó a una pequeña hornacina de la pared de caliza, hurgó dentro y volvió con algo para él. Barney lo miró. Era un sílex pulido, con la forma perfecta de un árbol de Navidad plano y muy afilado.

—¿Una punta de flecha? —exclamó boquiabierto—. ¿Para mí? ¡Oh, gracias, Stig! Tengo... tengo que irme ya. Nos vemos en Navidad. Estarás aquí en Navidad, ¿verdad, Stig? ¡Adiós! —Y se fue pitando.

Mientras recorría el fondo de la cantera sintió que conocía aquel camino como ninguno en el mundo. Y sintió que la casa de Stig era su hogar como ningún otro en el mundo. Al fin y al cabo, era lo mismo que hacer dibujos. Una vez que le ponías una chimenea y una ventana a una casa, habías hecho realmente una casa.

3. Calienta dos veces

La Navidad había tocado a su fin en casa de la abuela. Las antiguas vigas de roble seguían decoradas con guirnaldas y seguía habiendo ramas de acebo en los marcos de los cuadros. Habían repelado hasta el último hueso de pavo y habían encontrado el último dedal en el pudín. Incluso habían dado buena cuenta del pastel de Navidad. Habían ido al circo.

Barney estaba acostado en la luz gris de la mañana. Por una vez, no tenía prisa por salir de la cama. Notaba el aire gélido del cuarto en la punta de la nariz. «A ver», pensó, «¿qué me espera hoy de especial?» No se le ocurría nada.

Miraba la gruesa viga negra de la pared que crecía del suelo hasta el techo. Había pertenecido a un barco antes de pertenecer a una casa, según el abuelo. Tenía agujeros profundos y excavados en ella, en los cuales habían encajado otros trozos de madera. ¿Qué era lo que estaba escondido en uno de los agujeros?

Barney se incorporó de golpe en la cama. ¡Era el sílex! El sílex de Stig, guardado ahí desde sus últimas vacaciones en casa de la abuela. Y no se había acordado de Stig en todas las Navidades.

Bajó de la cama y miró por la ventana. La escarcha cubría la hierba. Algunos pajarillos esperanzados revoloteaban en torno al comedero, hechos una pelusilla, como ovillos de lana, aguardando a que alguien les dejase algo de comer. Barney se levantó y alcanzó el sílex. Parecía un témpano de hielo.

«Me pregunto cómo será vivir en una cueva en esta estación del año», pensó. «¡Pobre Stig! Tendrá frío.»

Después de desayunar, Barney salió de la casa para ir a la cantera. En el soto la hojarasca congelada crujía como copos de maíz bajo sus pies. Bajó a la cantera por el lado más alejado, donde la pendiente era menos pronunciada, y al apoyarse en las raíces heladas del árbol se hizo daño en los dedos. Las ortigas se habían secado en el suelo de la cantera y las viejas latas tenían una sólida corteza de hielo alrededor.

No había signos de vida en el refugio, aunque vio las brasas de una pequeña hoguera apagada y notó un leve olor a leña quemada en el ambiente. Pero al fondo de la cueva había una especie de nido a base de helechos y hierba seca y periódicos. Le pareció oír respiraciones dentro.

—¡Stig! —lo llamó Barney. No hubo respuesta. «¿Y si es como un lirón y duerme todo el invierno?», se preguntó.

Volvió a llamarlo:

—¡Stig! ¿Estás ahí?

Se oyó un susurro en el nido y acto seguido asomó una mata de pelo negro. Debajo estaba la cara de Stig, pero con una mueca muy extraña. «¿Estará enfadado?», se preguntó Barney con inquietud.

Con los ojos aún entornados y la boca cerrada, Stig respiró hondo. Luego estornudó. Fue un estornudo igualito al disparo de un cañón, y resonó con un eco en toda la cueva.

—¡Menudo susto me has dado! —exclamó Barney—. Te has resfriado, Stig. Algo inevitable si vives en un sitio tan húmedo. Necesitas un buen fuego en la chimenea.

Echó una ojeada al refugio y a la cueva, pero no parecía que hubiera leña para quemar. Vio la pesada hacha de sílex de Stig apoyada contra una pared y, al cogerla, se dio cuenta de que estaba sin afilar.

—Tienes que afilarla —dijo Barney.

Stig salió a gatas de su nido, parpadeando como un bobo. Se movía como si tuviera las articulaciones oxidadas y no cogió el hacha que Barney le tendía.

—Bueno, lo haré yo —dijo Barney—. Supongo que es bastante fácil. —Se sentó en el suelo con el hacha entre las rodillas, cogió un pesado tornillo de hierro e intentó recordar cómo se las había ingeniado Stig para pulir el sílex, pero era doloroso sujetar el frío sílex y el frío hierro, y sus dedos eran tan torpes que no le obedecían.

—Oh, no pasa nada —dijo Barney—. Venga, tenemos que recoger leña. —Se puso en pie con el hacha y salió del refugio. Stig lo siguió, medio dormido, medio congelado y en silencio. Treparon por la cantera y buscaron leña en el soto. Barney pudo comprobar que alguien, probablemente Stig, ya había estado talando y partiendo ramas secas. Escogió un espino bastante delgado y se puso manos a la obra.

El hacha se movía, el árbol se agitaba, el sílex rebotaba en la gruesa corteza, pero Barney no parecía avanzar lo más mínimo. Stig, muy abatido, se limitó a agacharse en una loma rodeándose las rodillas con los brazos.

—¡Ven y prueba tú! —dijo Barney, jadeante—. Ya verás como entras en calor. Mi abuelo siempre dice que la leña te calienta dos veces, una cuando la cortas y otra cuando la quemas.

Le tendió el hacha a Stig, pero Stig se limitó a mirarlo con tristeza y a negar con la cabeza. Barney se quedó preocupado. Tenía que hacer algo en serio con Stig. De pronto, tuvo una idea.

—¡Espérame aquí, Stig! —dijo—. No tardo nada.

Barney salió como una flecha por el soto y campo a través en dirección a la casa. Una vez allí, fue al cobertizo y cogió la gran hacha de acero y la larga y afilada sierra de su abuelo. ¿Qué más necesitaba? Ah, sí, una lazada de cuerda. Se la echó al hombro y reemprendió el camino hacia el soto campo a través.

—¡Mira lo que te traigo, Stig! —exclamó, acercándose a Stig, que seguía agachado en la loma.

La visión del hacha de acero brillante actuó como un fármaco en Stig. Se desperezó y asió el hacha por su largo mango. Probó la afilada hoja con el dedo gordo. La sopesó con las manos y la balanceó como un jugador de golf que prueba un palo nuevo. Sus ojos negros se iluminaron y miró alrededor en busca de algo con lo que usar su nueva arma. Entre los pimpollos del soto se erguía un fresno con un tronco de al menos setenta centímetros de grosor. Stig se dirigió hacia él balanceando el hacha.

—¡Oh, no! —gritó Barney—. ¡No lo hagas! ¡Ése no, Stig!

Pero no había modo de parar a Stig. Al primer golpe, la hoja se clavó con profundidad en el árbol. Saltaban astillas blancas con cada nuevo hachazo.

Barney brincaba a su alrededor de la emoción.

—Stig —le dijo—. ¿De verdad crees que es buena idea? Oh, Stig, ¿no es demasiado grande, Stig? ¡Stig, no sabía que fueras tan buen leñador! ¡Bien hecho, Stig! ¡Stig, déjame probar a mí!

Enseguida el corte ya era muy grande por un lado del árbol, aunque de momento solo llegara hasta la mitad del tronco. Stig hizo una pausa para descansar y ambos contemplaron el árbol, que se balanceaba un poquito en la suave brisa.

—¿Sabes qué, Stig? —dijo Barney—. Se va a caer y aplastará la valla si no tenemos cuidado. Será mejor que le ate una cuerda.

Se pasó el rollo de cuerda alrededor del cuerpo y trepó hasta las ramas más bajas del árbol. Había trepado antes a casi todos aquellos árboles, pero nunca a uno ya talado por la mitad. Supuso que habría sido mejor idea atar la soga antes de empezar a talarlo. Al trepar más alto, notó algo diferente en el balanceo de este árbol. No tenía el vaivén ligero y emocionante de un árbol sólido y firme. Se mecía sólo unos centímetros, pero al final de cada vaivén uno tenía la sensación de que permanecía a la espera, sin que quedase claro si se mecería otra vez hacia atrás o si simplemente se caería de bruces contra el suelo. Barney ató la cuerda al tronco todo lo alto que se atrevió a subir, luego la tiró y observó cómo se desenrollaba hasta el suelo; acto seguido volvió a bajar trabajosamente.

—Ahora tenemos que serrarlo por el otro lado —dijo Barney—. He visto hacerlo al abuelo. —Cogió la gran sierra y le dijo a Stig:— Por aquí, tienes que sujetarla por la otra punta.

Stig observó la sierra, dudoso. Tocó sus afilados dientes y gruñó en señal de aprobación, pero seguía sin entender qué iban a hacer con ella.

—Mira —dijo Barney—, tú la agarras por esta punta y yo por la otra. Primero tiro yo y luego tiras tú. Es fácil en cuanto le pillas el truco.

Stig seguía con una expresión de desconcierto. Rasparon torpemente la corteza del árbol hasta que por fin los dientes de la sierra hicieron una hendidura y se quedaron bien clavados en el tronco. Los ojos de Stig se abrieron de par en par cuando empezó a saltar serrín, y se puso a menear el mango con furia.

—¡Ay! —gritó Barney—. Tiras demasiado fuerte. Me has despellejado los nudillos.

—¡Quieto! —gritó Barney—. ¿Tenemos que ir tan rápido? Todavía nos queda mucho trabajo por delante.

—¡Para! —gritó Barney—. Mira, Stig, empujas tanto como tiras. Así lo único que consigues es cansarte y que la sierra se tuerza.

Al final se calmaron y consiguieron un ris ras estable. La hoja roncó como si se clavara más en la madera y el serrín salió a chorros por cada extremo de la sierra. Luego todo el proceso pareció complicarse y, finalmente, por mucho que se esforzaron, no pudieron moverla ni un milímetro.

—¡Porras! —exclamó Barney—. ¿Sabes qué?

Se apartaron del árbol y lo contemplaron. El peso de las ramas hacía que el tronco se inclinase hacia un lado y cerrase la raja que había abierto la sierra.

—Tenemos que tirar de la cuerda —decidió Barney.

Stig y él cogieron la punta de la cuerda y tiraron de ella. La copa del árbol empezó a inclinarse poco a poco hacia ellos, quedó suspendida en el aire y volvió a balancearse hacia atrás. Tiraron de ella otra vez. Esta vez el árbol pareció inclinarse un poco más, quedó suspendido más tiempo, pero al final reculó de nuevo. Al tercer tirón, mientras el árbol se mecía hacia ellos, se oyó un crujido del tronco.

—¡Ya viene! —gritó Barney emocionado.

El árbol volvió a alejarse, pero tiraron de él y esta vez se oyeron más astillazos en el tronco.

—¡Otra vez! —chilló Barney.

Tiraron de la cuerda, el árbol se meció suavemente, permaneció suspendido al final del balanceo y, acto seguido, en lugar de retroceder de nuevo, se tambaleó con más fuerza sobre ellos. El tronco emitió un chasquido chirriante y rechinante, y Stig y Barney dieron media vuelta y salieron corriendo. Barney oyó a sus espaldas un estrépito espantoso y los astillazos de las ramas cuando la copa chocó contra el suelo, y también notó como las ramitas más altas le arañaban las piernas mientras corría.

Se volvieron para mirar. A Barney le rebotaba el corazón de la emoción.

—¡Uf, lo hemos conseguido! —dijo jadeante y mirando boquiabierto el estropicio que habían hecho y el enorme agujero vacío que habían dejado en el horizonte—. ¡Cuánta leña!

*

Aquella tarde Barney llevó al soto una hachuela, cuñas de hierro y un mazo grande. Stig y él podaron las ramas pequeñas, cortaron los brazos en leños gruesos y, tras serrar un buen rato y con paciencia, lograron partir en tres el tronco principal. Luego se pusieron manos a la obra para dividirlo. Al parecer, esto sí que lo entendía Stig. Empezaron a dividir un trozo con el hacha: ponían una cuña de hierro, la clavaban con el mazo para agrandar la grieta y luego ponían otras cuñas hasta que finalmente se producía un craaaaccc satisfactorio, y las fibras de la madera se partían de punta a punta.

El cielo se estaba tornando gris y oscuro y empezaba a soplar un viento helado, pero ellos ni se dieron cuenta. ¡Cortar leña te calienta dos veces! Empujaron los leños hasta el borde de la cantera y los lanzaron al fondo con estrépito, pero no demasiado cerca de la guarida. Barney miró el pálido ocaso y percibió una suerte de polvo flotando en el cielo. ¿Serrín? No, cuando se posaba en el suelo se veía blanco. Era nieve fina.

—¡Venga, Stig, vamos a encender un fuego! —dijo Barney. Dieron la vuelta hasta la entrada de la cantera y luego bajaron al refugio, cargaron con los leños y las astillas que juzgaron suficientes y se sentaron extenuados en el suelo de la oscura guarida. «Y ahora un buen fuego», pensó Barney.

Stig se espabiló. Cogió una palanca de cambio de automóvil que tenía por la guarida y atizó cuidadosamente las brasas que quedaban de otro fuego en la chimenea. Pero estaban apagadas y bien apagadas. Stig suspiró. Acto seguido, alcanzó su arco, que estaba apoyado en la pared. Era un bonito arco de acero, hecho con una antena de televisión elástica y encordado con alambre de ese que se usa para colgar cuadros. Cogió la pata de una silla de madera noble que tenía un extremo afilado en la punta. Clavó la punta en el agujero de un zoquete que sujetó entre los pies, pasó la cuerda del arco alrededor de la pata, sujetó la parte superior de la pata con una huevera rajada y empezó a atraer y alejar el arco para que la cuerda hiciese girar la pata. Barney observaba fascinado a Stig en plena faena, pero mientras que Stig parecía entrar en calor, Barney se estaba quedando helado. Por fin la punta de la pata, que giraba en el zoquete, empezó a humear. De inmediato, Stig la alimentó con un puñado de hierba y se puso a soplarla, sin dejar de moverla frenéticamente con el arco. La hierba brillaba, Stig movía el arco y soplaba, pero en la cueva todo seguía húmedo y el pequeño fuego se extinguió con una voluta de humo. La cuerda del arco se deshilachó y se partió. Stig, agotado, dijo algo en su extraña lengua, lanzó la pata de la silla por los aires y se sentó en el suelo, mordiéndose las uñas.

—¿Quieres fuego, Stig? —preguntó Barney alegremente, y se sacó una caja de cerillas del bolsillo y prendió una. La llamita iluminó la cueva de repente.

Su efecto sobre Stig fue asombroso. Se puso en pie de un salto y se quedó mirando la cerilla encendida con los ojos abiertos de par en par. Cuando la llama llegó hasta los dedos de Barney y tuvo que tirarla, Stig emitió una especie de queja desesperada.

—No pasa nada, Stig. Tengo muchas más —dijo Barney. Prendió otra cerilla y Stig dio otro brinco, pero esta vez se acercó sigilosamente para contemplarla de cerca.

—Vamos, busquemos papel y leña menuda —dijo Barney. A la luz de una tercera cerilla encontraron algo de leña, pero no estaba muy seca y gastaron otras tres o cuatro cerillas hasta encender un pequeño fuego. Stig, doblado sobre su estómago, soplaba como un fuelle, unas veces con suavidad, otras con furia, añadiendo una ramita aquí y la astilla de una caja de madera allá, construyendo una esmerada pila, alimentando el fuego cuando era necesario. Al fin las llamas crecieron como lenguas, el humo comenzó a disiparse por el agujero de la bañera y una luz cálida iluminó poco a poco las paredes de la cueva. Stig dispuso en cruz dos grandes leños al fondo de la chimenea, y éstos empezaron a silbar y a chisporrotear alegremente.

Stig se desperezó al calor del fuego como un gato; después le tendió la mano a Barney, como pidiéndole algo. Barney le entregó la caja de cerillas.

—¿Quieres que te enseñe cómo se prende una cerilla, Stig? ¡Mira, empuja el cajoncito hacia fuera! Eso es, pero no tanto.

Saca una cerilla. Ahora mejor cierras la caja. ¡Sujeta la cerilla por la punta blanca, no la negra, tonto! Ahoraráspala por este lado de la caja. No, por el lado. ¡Por aquí!

Después de uno o dos intentos, Stig logró prender la cerilla. Sujetó la llamita y la contempló hasta que se quemó los dedos y tuvo que tirarla.

—¡Venga, enciende otra! —le animó Barney—. La yaya tiene un montón. Una caja solo cuesta un penique, me parece.

Pero Stig no pensaba desperdiciar ni una más. Cogió la caja y la escondió en su cama. Era evidente que para él una cerilla era algo muy preciado.

Stig se acercó de nuevo al fuego con las manos llenas de castañas. Las colocó sobre las brasas y esperaron a que restallaran, luego las sacaron enganchándolas con la palanca de cambio, soplaron las cenizas por fuera y se las comieron. Entre las provisiones de Stig había muchísimas castañas, y Barney se comió veintitrés. Se sintió de maravilla, con la panza llena y calentito, y se quedó mirando el fuego y las sombras que bailaban en las paredes de la cueva.

Pero Stig, en cuclillas, con la mirada perdida y un trozo de tabla carbonizada en la mano, miraba hacia una pared lisa de la cueva. Parecía que miraba a través de la pared, no a la pared. Se acercó a ella, con los ojos muy fijos, como si estuviese viendo algo interesante por una ventana. Luego, de improviso, acometió la pared blanca con su trozo de pizarra calcinado. Trazó amplias líneas negras en la caliza, ¡y le salió la silueta de un caballo al galope! Luego, raspaduras más feroces, y le salió un ciervo con astas galopando. Pronto se sumaron hombrecillos corriendo con lanzas y arcos y flechas.

Barney brincaba de la emoción.

—¡Stig, eres un buen dibujante! Ojalá me salieran esos dibujos a mí. ¡Haz alguno más, Stig! ¡Oooh! ¡Los hombres están matando al ciervo! —Porque había una lanza clavada en el hombro de un ciervo al galope, y dolía mirarlo.

Pero Stig no se daba cuenta de ello ni parecía reparar en Barney. Porque Stig no estaba pensando en hacer dibujos. Él participaba en la cacería, galopaba con los animales, corría con los cazadores. Y sus manos, expertas como eran en el trabajo con el pesado sílex y el rudo hueso, dibujaban las desgarbadas líneas negras en la pared blanca como si no pudieran evitarlo.

Barney observaba cómo crecía la escena de caza en la pared de la cueva, y ni se le ocurrió pensar en la hora. No había relojes en la cueva de Stig; al menos no que funcionasen. Se arrimó al fuego para echar más leña y vislumbró la oscuridad del exterior. ¡Era de noche! Y tenía que volver a su casa en plena oscuridad, solo.

—Stig, tengo que irme —dijo, pero Stig no le escuchaba. Barney miró la colección de armas apoyadas en la entrada. Había una lanza con un largo astil de madera de avellano pulida y la brillante punta de un sílex. Tembló cuando la cogió como si estuviera viva.

—Stig, ¿puedes prestarme una de tus lanzas para que me acompañe a casa? —preguntó Barney. Stig volvió la cabeza, vio a Barney con la lanza y sonrió. Barney lo interpretó como un sí, aunque probablemente Stig seguía absorto en la emoción de la caza. Barney sacó un trozo de leña del fuego, una punta que ardía intensamente, y, con la lanza en la otra mano, salió de la cueva. Afuera estaba oscuro como boca de lobo y hacía mucho frío. Un viento gélido hizo temblar la llama de la antorcha. Deseó que no se apagase. Mientras se abría paso al pie de la cantera, llevaba la lanza preparada por si acaso. Quizás los osos y otros animales durmiesen en invierno. Quizás no había osos. A fin de cuentas, esto era el momento presente, ¿no? Los únicos peligros eran los automóviles al cruzar la calle. ¿Era, en efecto, el momento presente o no? No podía estar seguro en la oscuridad al pie de la cantera.

Había algo agazapado en su camino. Barney apretó con fuerza la lanza en posición de ataque, pero no era nada, solo un bote grande impreso con las letras «PINTURA SLAPITON». Le dio una patada inofensiva al pasar por delante. Subió hasta el soto y, mientras caminaba entre los árboles, una cosa blanca pasó rozándole por los aires. Sin pensarlo, la pinchó furioso con la lanza, pero la lechuza —porque eso es lo que era— viró bruscamente, esquivándolo, y se esfumó en la oscuridad.

—¡Fuchina, señora Lechuza! —dijo Barney enfadado—. ¿Qué te has creído, que puedes asustarme?

Pronto dejó atrás el soto y cuando llegó a la casa le dio pena tener que salir de la oscuridad. Apagó la antorcha en la cisterna, dejó la lanza en el armario trastero y se cambió de zapatillas.

Su abuela y su hermana estaban sentadas a la mesa, comiendo bollos.

—Barney, ¿dónde has estado? ¿Estabas arriba, en tu cuarto, todo el tiempo?

—No, yaya. Perdón por llegar tarde, he estado fuera con Stig.

—¡Has estado fuera de noche y con este frío hasta ahora! ¡Ay, Barney!

—No he pasado frío, de verdad, yaya. Pero el pobre Stig se moría de frío y he tenido que calentarle y su hacha no estaba bastante afilada para talar los arbolitos, así que hemos talado uno grande y la sierra se ha quedado atrapada, así que he tenido que subir y hacerla caer, y entonces lo hemos cortado y empujado hasta el fondo de la cantera. Y Stig intentaba encender el fuego con la pata de la silla y una huevera y una antena de televisión, pero le he enseñado a prender cerillas y hemos comido castañas. Y, Lou, Stig es la bomba dibujando caballos y cosas, y cuando me he ido seguía dibujando con un trozo de pizarra en la tiza.

Lou soltó una risita.

—Yaya, Barney ha dicho que Stig estaba dibujando con una pizarra en la tiza. Quería decir con una tiza en la pizarra.

Barney decidió unirse a las risas. No volvieron a preguntarle nada más después de aquello. Pero Barney había disfrutado más ayudando a Stig con el fuego de la chimenea que con todos los regalos de Navidad juntos.

4. De cacería

Lou había ido de caza. La cacería del zorro de North Kent se celebraba aquel día cerca de casa de la abuela, y un vecino había invitado a Lou, prometiendo cuidar de ella. La abuela no estaba muy convencida, pero Lou había insistido mucho; como tenían un poni y además sabía montarlo, ¿por qué razón no iba a ir? Por la mañana llovía a cántaros, como en los días anteriores, pero Lou dijo que a los cazadores les daba lo mismo que hiciese mal tiempo. De modo que se fue trotando en su poni con el resto de jinetes, chapoteando en los charcos del camino. Barney pensó que tenía un aire engreído, pero igual solo era la lluvia goteándole por el pescuezo lo que hacía que lo sacase tanto.

Barney permaneció en la ventana mirando las nubes grises y lloronas.

—Te llevo en coche, si quieres, Barney —dijo su abuela—. Podemos seguirles por el camino.

—No —dijo Barney—. Gracias —añadió.

—¿Prefieres pasar el rato tú solo, cariño?

Barney asintió con la cabeza. Deambuló por la casa sombría, compadeciéndose de sí mismo. Un gato lo vio venir y debió de verle la expresión de la cara, porque dio media vuelta y huyó por el vestíbulo hacia la cocina, en la parte trasera, donde se metió como un rayo en el armario de los productos de limpieza. Barney fue tras él, pero al llegar al armario recordó algo.

Sí, ahí entre las escobas, las fregonas y los plumeros estaba la lanza de Stig. La sacó de la maraña de mangos y la expuso a la luz. La frotó con un trapo y la punta de sílex centelleó. La movió y el suave astil de madera tembló. Era una auténtica lanza de caza, no cabía la menor duda. Y el rostro de Barney se iluminó de repente.

¡Lou no era la única que podía ir de caza!

Barney miró el cielo de invierno. A los cazadores no les importaba demasiado el tiempo, pensó. Sea como sea, él, a quien nadie le había dicho que debía importarle, decidió ponerse las botas de goma, el chubasquero y la gorra impermeable. Se sintió como un ballenero con su arpón.

Fue chapoteando por la solitaria pradera hasta el soto empapado. Se alegró al ver que una voluta de humo salía de la cantera de Stig, y que un aroma a leña impregnaba el soto. Dio todo el rodeo hasta la entrada de la cantera. Abajo, la lluvia había formado un lago, donde viejas latas y bombillas flotaban tristemente. Pero Stig estaba en su guarida, sentado con aire satisfecho junto a un fuego acogedor. Al principio pareció sobresaltarse, pues no había reconocido a Barney vestido con la ropa para la lluvia, pero tan pronto como vio su cara debajo del sombrero sonrió.

—¡Hola, Stig! —saludó Barney—. ¿Quieres venir de caza conmigo?

Stig seguía sonriendo, pero no movió ni un dedo.

—¡De caza, Stig! —lo animó Barney—. ¡Zorros! ¡Búscalos, Stig! —Barney empezó a gesticular ferozmente con la lanza, como dando puñaladas, y a galopar con sus botas de agua, e incluso hizo como que tocaba un cuerno de caza—: ¡Tará, tará, taráaa! —Parecía que Stig empezaba a emocionarse, aunque seguía desconcertado.

Barney se quitó el sombrero y se rascó la cabeza. ¿Cómo explicarle a Stig la reunión de cazadores y lo mucho que deseaba unirse a ellos? Miró los dibujos en la pared de la cueva y le dieron una idea. Dejó la lanza en el suelo y cogió un palo carbonizado.

—¡Mira, Stig! —exclamó—. ¡Zorro! —Y con mucho esmero dibujó lo mejor que pudo un zorro en la pared de la cueva.

Stig, en todo caso, pareció sobresaltarse, pero Barney siguió dibujando.

—¡Perros de caza, Stig! —exclamó.

Los ojos de Stig se abrieron como platos, pero, a juzgar por la expresión de su cara, aún no había entendido de qué iba toda la historia. ¡Recórcholis!, pensó Barney, ahora tengo que dibujar los caballos. Pero como Stig ya había dibujado algunos, solo tuvo que copiarlos. Quedó bastante satisfecho con su caballo, y por fin parecía que Stig lo había entendido. Tengo que poner algún jinete en el caballo, pensó Barney. Pondré a Lou. Esto son las riendas y esto, su fusta.

Había algo en esa figura humana a lomos del caballo que parecía entusiasmar de veras a Stig. Sus ojos echaban chispas y, levantándose de un salto, agarró su mejor arco y un puñado de flechas, y miró esperanzado a Barney como un perro que sabe que lo van a sacar de paseo, y no un paseo cualquiera.

—¡Ése es mi Stig! —gritó Barney—. Has pillado la idea. ¡Hala, vamos! —Y sin pensar siquiera en abrigarse mejor para el tiempo glacial, Stig se fue brincando bajo la lluvia y Barney con él.

Desde las profundidades de los lejanos bosques, se oyó el bocinazo de un cuerno de caza. Barney y Stig se encaminaron campo a través en esa dirección, por el embarrado camino de carros que se adentraba en el bosque, hasta un abetal. Cuando pisaban despacio el lecho de agujas caídas de los abetos, de improviso Stig se quedó tieso, levantando una ceja. Barney miró hacia arriba. En la copa de un abeto había una ardilla mordisqueando una piña.

Barney tiró a Stig del brazo.

—¡Ni lo sueñes, Stig! —exclamó—. Se supone que tenemos que cazar zorros, no ardillas. ¡Sigamos o nunca llegaremos a la cacería!

La ardilla meneó la cola, corrió hasta la punta de la rama y saltó al árbol más cercano, por donde se esfumó. Stig parecía un poco molesto, pero bajó la ceja y prosiguieron su camino. Llegaron a un bosque de altos castaños y robles. Al acercarse a uno de los robles, Stig se tiró al suelo y se puso a gatear con cautela.

—¿Qué pasa, Stig? —preguntó Barney, a media voz—. ¿Es un zorro? ¿Dónde, Stig? Yo no veo nada.

Sin mirar a su alrededor, Stig movió la mano como si quisiera que Barney se echase al suelo también. Barney se dejó caer de manos y rodillas, en una zarza.

—¡Ay! —gritó—. ¡Pincha! —Y mientras lo decía, una bandada de seis, doce, no, debían de ser más de veinte palomas torcaces alzaron el vuelo y se alejaron con un gran batir de alas, cada cual atiborrada de bellotas. Stig disparó una flecha perdida al cielo contra la bandada, pero no dio en el blanco.

—¡Oh, lo siento, Stig! —dijo Barney—. No sabía que eran palomas. Pero se supone que tampoco debemos cazar palomas,

¿sabes? La gente no hace eso. Cuando van a una cacería de zorros, no se fijan en nada más que en los zorros.

Pero esta vez Stig fruncía tanto el entrecejo, que a Barney le dio hasta un poco de miedo. Anduvieron en silencio por un sendero del bosque donde la lluvia había formado grandes charcos. Stig pasaba por el medio, salpicándose, y se veía que no le importaba que se le embadurnaran tanto las piernas. Barney caminaba más despacito detrás de él, preocupado por si el agua se le colaba por la caña de las botas. Vio como Stig colocaba otra flecha en el arco y apuntaba. Un poco más adelante, en el camino, se pavoneaba orgulloso un faisán, y antes de comprender lo que estaba pasando, se disparó la flecha con la punta de sílex. De un salto, Stig recogió el cuerpo del faisán, le sacó la flecha y se colgó al animal por detrás del cinturón. Las largas plumas marrones se meneaban como si le hubiese crecido una cola al andar, pero a Barney no le hacía ninguna gracia haber matado a un faisán. Estaba prohibida la caza furtiva, o cazar en cualquier época del año, o no había que disparar si no era con una escopeta de verdad y cartuchos, o algo así. Habría sido preferible lastimar a ardillas y palomas torcaces, pero esta vez Barney no dijo nada.

El toque del cuerno se aproximaba cada vez más y entre los matorrales se oían crujidos y la voz de un cazador alentando a los perros de caza. Stig se detuvo y miró a su alrededor, y Barney corrió a su lado.

—Es la caza, Stig —dijo—. Seguro que hay zorros por aquí. Abre bien los ojos y con suerte veremos alguno.

Los crujidos y las voces parecían estar bastante cerca, y Barney pensó de pronto que igual los cazadores se enfadaban si los descubrían en pleno bosque, sobre todo con un faisán cazado furtivamente. Había una loma con una especie de cueva pequeña bajo las raíces desenterradas de una haya, y Barney empujó a Stig dentro. Una vez allí, husmearon el lugar. Flotaba en el ambiente un olor peculiar y extraño. Permanecieron dentro, a la espera. Barney intentó adentrarse a gatas cuanto pudo por el agujero.

—¡Tiene gracia! —murmuró—. Alguien ha puesto palos aquí.

En la boca de lo que parecía una gran conejera habían plantado tres postes de madera de avellano, de modo que ningún animal más grande que un ratón podía entrar o salir. Para matar el tiempo, Barney se puso a dar puntapiés y a toquetear todos los postes hasta que se soltaron, y luego les limpió el barro y la creta.

—Mira, Stig —dijo—. Podrías hacer flechas con esto. O igual son un poco gruesos.

Pero Stig no le escuchaba. Había descubierto a un animal, un poco más allá, del tamaño de un perrito, de pelaje rojizo y ojos muy brillantes, que avanzaba tranquilamente hacia ellos con la lengua fuera.

A Barney le dio un vuelco el corazón. Se puso de pie sigilosamente, con la lanza en la mano.

—¡Un zorro! —siseó—. Ahí lo tienes, Stig. Un zorro de verdad. —Apuntó al zorro con su lanza de caza y en ese momento deseó tener él el arco y las flechas. Pero quizás pudiese herirlo con la lanza.

—¡Stig! —dijo en voz baja—. Venga, es tu oportunidad.

Pero esta vez Stig no apuntó con el arco. Por el contrario, sujetó la punta de la lanza de Barney con el propósito de que no pudiera lanzarla. El zorro se acercó tranquilamente hasta que lo tuvieron a sus mismísimos pies, lanzó una mirada a Stig y desapareció por el agujero.

Barney casi prorrumpió en sollozos de la rabia.

—Pero Stig, ¿por qué has dejado que se vaya? —bramó—. Se supone que tienes que cazar zorros. ¡De eso se trata! ¡Hemos venido a cazar!

Pero Stig sonrió con cierta superioridad. Señaló el agujero por donde se había colado el zorro, hizo un poco de pantomima como si estuviese comiendo y torció la cara como si hubiera probado algo que sabe mal. Dejaba bastante claro que, para él, Barney cometía un error queriendo matar algo que no podía comerse.

Oyeron unos correteos entre la maleza, que parecían provenir del otro lado de un zarzal, al final del sendero.

—¡Rápido, Stig, ya vienen! —exclamó Barney—. ¡Vuelve a nuestro escondite! —Y empujó a Stig dentro de la boca de la tierra. En ese momento, un enorme perro de caza apareció en el sendero y avanzó torpemente hacia ellos, olisqueando el rastro del zorro. Fue directo a su escondrijo, alzó los ojos y, al ver a Stig, enseñó los dientes y se puso a gruñir.

Stig enseñó los dientes y gruñó.

El perro puso cara de sorpresa. No sabía con certeza si Stig era un animal o un humano, pero no le cabía duda de que se interponía entre él y el fuerte olor a zorro.

El perro dio un paso atrás, emitiendo horribles ruidos con la garganta.

Stig dio un paso atrás sobre sus manos y rodillas, emitiendo horribles ruidos guturales.

Barney se sentó al fondo de la pequeña cueva, con los brazos en jarras. El perro era muy grande y feroz, y temía que pudiese lastimar a Stig, pero también Stig parecía muy fiero, y podría lastimar al perro.

Stig fue el primero en moverse. Veloz como un rayo, se abalanzó sobre el perro y le mordió una oreja. Aquello fue demasiado para el pobre animal. No temía a los zorros de afilados colmillos ni a otros animales contra los que había luchado, pero Stig olía a hombre y nunca había oído que un hombre mordiese a un perro. Dio media vuelta y se fue aullando con el rabo entre las piernas.

Barney miró a Stig.

—Será mejor que volvamos a casa —dijo—. Se suponía que éramos cazadores de zorros y ¿qué es lo que has hecho? ¡Matar a un faisán, ayudar a un zorro a escapar y morder a un perro de caza! ¿Qué es lo siguiente que vas a hacer, eh? Dime.

Pero, una vez más, Stig no estaba escuchando a Barney, sino que prestaba atención a algo nuevo: el ruido sordo y el chapoteo de unos pesados cascos de caballo que cruzaban los claros del bosque. Y quizás estuviese oliendo el rastro de otro animal. Los caballos de la cacería atravesaban el bosque y, finalmente, la emoción de la caza iluminaba la cara de Stig. Sin un sonido ni una mirada para Barney, se deslizó entre la maleza y se puso a saltar de matorral en matorral y de tronco en tronco en dirección al ruido de caballos, con una flecha ya colocada en el arco, que sujetaba con el pulgar izquierdo. Barney lo seguía a duras penas entre la maleza, con la sensación de que su aventura de caza estaba saliendo requetemal y de que algo mucho peor iba a suceder de un momento a otro.

Stig parecía pasar entre los zarzales indiferente a los rasguños y sin inmutarse lo más mínimo, pero el impermeable de Barney se quedaba atrapado y se desgarraba todo el tiempo, y las ramas más bajas le arrebataban el sombrero, y las botas de goma no le protegían las rodillas de los rasguños, y cuanto más trataba de seguir el ritmo de Stig, más se acaloraba y se enfurruñaba. Cuando por fin llegó a un claro del bosque y vio a Stig, y comprendió lo que estaba haciendo, no pudo hacer otra cosa salvo taparse la cara con las manos y quejarse bajito para sus adentros: «¡Oh, no, no, no, no, no!».

En medio del sendero había un caballo blanco que un cazador había dejado ahí para acercarse a pie a un matorral. Escondido detrás de un tocón cubierto de musgo, con los ojos echando chispas de la emoción, el arco tensado al máximo y una flecha apuntando directamente al caballo blanco, estaba Stig.

A fin de cuentas, Stig cazaba de verdad y, para él, ¡los caballos eran carne!

*

Lou estaba sentada a lomos de su poni en el lindero del bosque. A un lado, los negros troncos de los árboles goteaban tristemente y el viento gemía entre las ramas; al otro lado, las bajas nubes irregulares corrían veloces sobre los áridos rastrojos. A su alrededor, varias damas, caballeros y niños de la cacería, sobre sus caballos aburridos o inquietos, esperaban a que algo saliera del bosque. Habían esperado en un campo de coles y no habían encontrado nada; habían esperado en un campo de nabos y habían visto una liebre; habían trotado por caminos y senderos y habían esperado junto a los sotos, pero no habían visto ni un solo zorro. A Lou le brillaban las mejillas, al igual que la nariz; sus ojos echaban chispas, el pelo le chorreaba a ambos lados de la cara y sus dedos entumecidos apenas sentían las riendas. Flash, el poni, que en los buenos tiempos al menos hacía justicia a su nombre, estaba parado en un charco con la cabeza gacha y echaba vaho por el hocico en el aire húmedo.

—¿Es tu primera cacería, jovencita? —le preguntó una afable mujer a lomos de una gran yegua negra. Lou sonrió y asintió con la cabeza, y una pequeña lluvia de gotas le cayó de la visera de la gorra.

—¿Te estás divirtiendo? —preguntó la mujer.

—Sí, gracias. ¡Súper! —contestó Lou.

«De todas maneras», pensó, «con que me dejasen entrar en el bosque y husmear un poco, estoy segura de que encontraría un zorro. Seguro que ahí dentro está pasando algo.»

En ese momento se oyó desde dentro del bosque el relincho estridente de un caballo furioso. Los otros caballos que esperaban aguzaron el oído; los jinetes, nerviosos, acortaron las riendas; se notó una especie de conmoción entre los jinetes que se habían adentrado en el bosque. Los caballos reculaban, se encabritaban, desobedecían a sus jinetes, entre resoplidos y relinchos. Y en medio de todo el revuelo apareció el caballo blanco, embistiendo a caballos y jinetes, haciendo que cayeran despatarrados en los charcos y el fango. Hubo una estampida. Cuando el caballo blanco se desbocó en medio de todos ellos, los otros caballos se volvieron repentinamente y se unieron a él en su alocada huida. La mayoría de jinetes perdió el equilibrio. Unos perdieron el sombrero, otros las riendas o los estribos, algunos directamente la montura, y acabaron en el borde del rastrojo. Los que habían permanecido en los lindes del bosque creyeron que el zorro había huido y arrearon sus caballos para ir en su busca campo a través. Lo máximo que pudo hacer Lou fue intentar permanecer a lomos de Flash y unirse a la estampida. «Con que esto era una cacería», pensó, «pues qué difícil a todo galope en medio de un montón de animales nerviosos.» Sin embargo, tenía la sensación de que sucedía algo raro. ¿Por qué el cazador no estaba montado a su caballo blanco? ¿Y se lo había imaginado o había visto, clavado en la silla del caballo desbocado, algo parecido a una flecha?

Y menos segura estaba todavía de haber visto o no por el rabillo del ojo, a la cola de la cacería, a una criatura muy extraña que salía del bosque dando alaridos. ¿Iba medio desnudo y salpicado de barro? ¿Tenía el pelo como una maraña de zarzas? ¿Llevaba pieles de conejo alrededor de la cintura y una especie de cola de plumas saliéndole por detrás? ¿Y podía ser que estuviera empuñando un arco con flechas? ¡No! Si una ya era lo bastante mayor para ir de caza, también ya era mayor para creer en duendes y demás. Seguro que eran imaginaciones suyas.

Finalmente, la cacería se dispersó por el campo en todas direcciones. Los jinetes lograron refrenar sus caballos marrones y terminaron solos o en grupitos en alejados cobertizos. Decidieron que habían tenido un buen día deportivo y regresaron a sus casas. Nadie estaba muy seguro de lo que le había sucedido a la jauría, o al zorro, pero había sido una buena carrera. Lou, después de guiar a varias personas desorientadas, volvió a casa de su abuela, pues acechaba la noche. Barney había vuelto un poco más temprano que ella. Ambos necesitaron darse un baño y ambos estaban hambrientos cuando se sentaron ante un té delante de la llameante chimenea.

—¡Así que después de todo tú también has ido de caza, Barney! —dijo la abuela.

—Bah, pero no de caza de verdad como yo —replicó Lou con desdén.

—Bueno, no —dijo Barney—. He ido con Stig, ¿sabes?, pero en realidad solo le apetecía cazar ardillas y palomas y faisanes.

—Eso no es cazar —dijo Lou—. En Inglaterra solo es una cacería si es con zorros. O ciervos.

—Bueno, Stig no caza zorros porque saben horrible. Así que dejamos marchar al zorro, pero estaba tan cerca que casi pude tocarlo.

Los ojos y la boca de Lou se abrieron de incredulidad.

—¡Que sí, Lou, de veras! Y luego Stig mordió al perro y se puso a cazar caballos. Ha sido la mar de divertido —dijo Barney entre risitas—. Pero ya era hora de volver a casa.

Lou miró a Barney muy seria, pero por una vez no dijo nada.

5. Los Snarget

—¿Por qué no sales a que te dé un poco de aire fresco, cariño? —preguntó la abuela.

Barney se quedó mirando por la ventana.

—A mí no me parece muy fresco —gruñó. Una niebla amarilla planeaba sobre los árboles del jardín. El humo de la chimenea de la cocina se confundía con la niebla, y se percibía un olor lejano como a fábrica de cemento.

—No te preocupes, cariño, siempre es mejor que quedarse encerrado en casa todo el día.

—Vale, yaya, voy a salir.

Después de más o menos veinte minutos, Barney logró encontrar su jersey mezclado con la ropa blanca, una zapatilla debajo de la cama y la otra debajo de la cómoda de la entrada. Barney vagó por el jardín. No hacía ni frío ni calor, y no soplaba ni una pizca de viento. Se encaminó a la cantera, silbando, con las manos en los bolsillos.

Al llegar cerca dejó de silbar y se quedó quieto. Le llegaban voces del fondo de la cantera. ¡De su cantera!

Bueno, quizás no fuese su cantera. Ni siquiera pertenecía a su abuelo, ¿o sí? Quizás los agujeros del suelo no pertenecían a nadie. En cualquier caso, le molestaba bastante que otra gente merodease por la cantera.

Se acercó a hurtadillas al borde y se asomó. Abajo, entre las latas y demás basura, había tres chicos más o menos de su edad o un poco mayores, vestidos con jerseys y pantalones más mugrientos y andrajosos que los suyos, y zapatillas de tenis grises con agujeros en la puntera. Todos tenían el pelo largo y tirando a grasiento. Barney los reconoció. Eran los Snarget, unos chicos de familia numerosa que vivían en una vieja casa con vierteaguas y siempre «se metían en líos». Al menos eso contaban los mayores; pero ¿quién no se metía en líos?

Le pareció que los Snarget estaban construyendo una especie de choza con ramas secas y viejas láminas de hierro corrugado, entre payasadas y gritos como: «¡No, así no, listo! Así, ¿ves?»

Barney se deslizó a gatas hasta donde un tronco torcido salía del mismísimo borde del barranco, se ocultó detrás de él, partió un terrón de arcilla y raíces del tamaño de su mano y lo arrojó al techo de la choza. El terrón dibujó una curva en el aire hacia su objetivo, pero sin acertar, y aterrizó casi en silencio sobre un leño cubierto de musgo.

Barney escogió otro terrón y lo lanzó. Esta vez chocó contra el culo de un cubo vuelto del revés y explotó como una pequeña bomba, esparciendo trozos de arcilla sobre uno de los Snarget.

—¡Eh! ¿Quién anda tirando porquería? —gritó el primer Snarget con recelo.

—Yo no —dijo otro Snarget—. Habrá sido éste —añadió, señalando al tercero y el más joven.

—¡Para ya, tronco! —dijo el primer Snarget—. O te la vas a cargar, ¿te enteras?

—¡Que yo no he hecho *na*! —protestó el Snarget pequeño.

—¡Ya, claro! ¡No has sido tú!

—¡Que no!

—Bueno, ¡no vuelvas a hacerlo y punto!

En lo alto del barranco, Barney, la causa del problema, reía entre dientes y partía otro terrón. Esta vez dio en el blanco y el terrón aterrizó de pleno en la lámina de hierro con un ¡plaf! satisfactorio. Tres cabezas de Snarget asomaron a una como los hurones de las madrigueras de conejos.

—Te he *avisao* que alguien estaba tirando porquería —dijo el primer Snarget.

—Y yo te he *avisao* que no era yo —dijo el pequeño.

Miraron a su alrededor, con el entrecejo fruncido, por todo el fondo de la cantera.

—Vale, no sirve de *na* esconderse. Te estamos viendo —gritó el Snarget mayor.

Barney se agazapó en silencio detrás del tronco. Sabía que era un farol. Ni siquiera habían mirado hacia arriba.

—Es el bueno de Albert, fijo —apuntó el Snarget mediano—. Nos ha *seguío* hasta aquí.

—Te estamos viendo, Albert —gritó el primer Snarget—. ¡Sal de los arbustos o te la vas a ganar, tronco!

Estaban parados mirando hacia el extremo de la cantera, de espaldas a Barney. Con sumo cuidado, Barney partió el terrón más grande que pudo encontrar y apuntó de nuevo al techo de la cabaña. El terrón golpeó el techo y estalló con otro fuerte ¡plaf!, esparciéndose en añicos encima de los tres Snarget, que se apartaron como locos y se agarraban los unos a los otros, con pinta de idiotas, porque los habían pillado por sorpresa. Luego cuchichearon furiosos entre ellos, señalando varios puntos del barranco: «¡Venía de ahí detrás, que sí! ¡No, está ahí arriba! No seas tarado, está en los matorrales. Que te he dicho que lo he visto.» Todos señalaban en distintas direcciones.

—Ya vale, Albert —gritó el Snarget mayor otra vez—. No sirve de *na* esconderse ahí arriba. Vamos a ir a por ti.

Pero la amenaza no preocupó a Barney. Para cuando llegasen arriba, él ya estaría bien lejos. Los Snarget debieron de pensar lo mismo, porque no se movieron. En su lugar, se retiraron al interior de su precaria cabaña. Barney acertó otro impacto directo y otro muy cerca. Las cabezas asomaban a cada vez y miraban en derredor furiosas, pero Barney estaba muy bien escondido y no conseguían localizarlo. Luego se oyeron muchos cuchicheos dentro de la cabaña y los tres Snarget salieron y empezaron a caminar hacia la salida. El mayor gritó por encima del hombro con voz despreocupada: «¡Adiós, Albert!», y los otros dos lo repitieron.

—Ahora nos vamos *pa* casa, Albert —gritó el mayor—. Es nuestra hora de almorzar. Pero escucha, Albert, sabemos que estás ahí arriba. No toques ni un pelo de nuestra cabaña, ¿te enteras? Tenemos algo muy valioso dentro. ¡Ni se te ocurra tocarlo, estás *avisao*!

Los Snarget se alejaron hacia la entrada de la cantera cuchicheando en voz alta y golpeando latas con palos. Barney aguardó hasta que pudo oír como se alejaban sus pasos por el camino.

«Qué raro», pensó. «Se han ido. Bueno, igual sí que es su hora de almorzar.»

Salió de su escondrijo y, rodeando el borde de la cantera, bajó y llegó hasta la cabaña que habían construido los Snarget. Se preguntó qué sería esa cosa valiosa que habían guardado dentro. No parecía haber nada aparte de una bolsa de papel llena de castañas.

—¡Bah! Unas ridículas castañas —dijo Barney en voz alta—. No son valiosas.

Igual habían enterrado algo. Se puso a escarbar el suelo musgoso y desenterró una caja de hojalata muy oxidada. Llevaba algo escrito por fuera, pero solo pudo adivinar las letras: «GOLD BLOCK», ¡eso ponía! Pesaba. ¿Debía abrirla o no? Decidió que sí. No hacía nada malo si se limitaba a mirar.

La tapa de bisagra estaba oxidada y no se movía. La golpeó con una piedra. Del interior cayeron montones de tuercas, roscas y tornillos oxidados, y anillas de cortinas. Por dentro de la tapa había más letras que rezaban que Gold Block era el mejor tabaco del mundo para pipa, hecho con una selección de hojas de tabaco Virginia... Barney tiró la caja con repugnancia, y una voz dijo:

—¡Ja, señorito, ahora sal, te estamos apuntando!

¡Eran los Snarget! Le habían tendido una trampa y habían vuelto a hurtadillas.

Barney salió de la cabaña y se encontró cara a cara con los Snarget. Uno llevaba una vieja pistola de aire comprimido rota y los otros le apuntaban con palos.

—¡Atiza! ¡No es Albert! —exclamó el Snarget pequeño.

—¡No me digas! —dijo el mayor con rudeza—. Tú, ¿cómo te llamas? —le preguntó a Barney con el mismo tono.

—Barney —contestó Barney—. ¿Y vosotros?

—Yo soy el Llanero Solitario y éste es Robin Hood y éste es Guillermo Tell —espetó el Snarget mayor.

—¡Caramba! —exclamó Barney.

—¡Un momento! —dijo bruscamente el primer Snarget—. ¿Qué pintas tú en nuestra cabaña?

—Sí, ¿y de qué vas, tirándonos porquería? —preguntó el segundo Snarget.

—Sí, ¿y qué pintas tú en nuestro vertedero, encima? —se adelantó furioso el pequeño.

—Lo que me da la gana —contestó Barney, como si no le importase. Pero en verdad no se sentía muy cómodo. No estaba seguro de lo duros que podían ser los Snarget.

—¡Lo que le da la gana, dice éste! —exclamó el Llanero Solitario como si no diese crédito a sus oídos—. ¿Qué hacemos con él, troncos?

—Átalo a un árbol y llénalo todito de flechas —sugirió Robin Hood.

—Mételo en una mazmorra y deja que se pudra —dijo Guillermo Tell.

—No, mejor lo linchamos aquí mismito. ¡Atadle! —ordenó con autoridad el Llanero Solitario.

—No hemos *traío* cuerda —dijo Robin Hood.

—Y tampoco hemos *traío arcosiflechas* —señaló Guillermo Tell.

—Y fijo que no hay mazmorras en millas a la redonda —dijo el Llanero Solitario—. Pues le hacemos un poco de tortura china.

—¡No os atreveréis! —dijo Barney. Pero no estaba tan seguro.

—¡Oh, fijo que no! —se mofó el Llanero Solitario—. Eso es lo que tú te crees. Pero lo hacemos mucho, ¿a que sí, troncos? Lo hacemos todo el tiempo, ¿hacemos o no hacemos tortura china a la peña?

—Sí. Y la llenamos todita de flechas —asintió Robin Hood.

—Y la metemos en mazmorras —añadió Guillermo Tell.

—Me chivaré a la policía —dijo Barney rotundamente.

El Snarget mayor echó una atenta ojeada por la cantera.

—No veo a ningún poli por aquí —dijo con desprecio.

—Me chivaré a mi yaya, y vive justo ahí arriba —dijo Barney. Los Snarget prorrumpieron en sonoras carcajadas.

—¡Que se lo chivará a su yaya, dice! ¡Habéis oído eso, troncos! ¡Se lo chivará a su yaya! —Se carcajeaban. Barney notó que la cara se le ponía colorada y le venían lágrimas a los ojos. Entonces se le ocurrió algo.

—Me lo voy a chivar a Stig —dijo con calma.

Se reanudaron las risas.

—¡Se lo va a chivar a su Stig! —carcajearon los Snarget, pero Barney se limitó a quedarse quieto y a sonreír, y las risas de los otros se fueron apagando poco a poco.

—¿Quién es ese Stig? —preguntó el Snarget mayor con desconfianza.

—Oh, un amigo mío —contestó Barney despreocupadamente.

—¡Bah! No existe esa persona —dijo el segundo, dudoso.

—Sí que existe. Y es mi amigo —dijo Barney.

—¿*Ande* vive? —chilló el más pequeño.

—Aquí —contestó Barney.

—¡Aquí! —exclamaron al unísono los Snarget—. ¿Cómo, en el vertedero? —se burló el Snarget mayor, y todos se rieron como si se tratara de un chiste.

—Sí —dijo Barney—. ¿No lo sabíais?

—¡Sigue! ¡No nos tengas en ascuas! —dijo el segundo—. ¿Y ese qué hace? ¡Cuéntalo, va!

—Hace arcos con antenas de televisión y flechas con trozos de sílex —contestó Barney. Los Snarget lo miraron boquiabiertos.

—Atiende —dijo por fin el mayor—. Ese Stig tuyo, ¿qué es lo que es? ¿Un niño o un hombre?

Barney tuvo que pensar un poco antes de contestar. Luego dijo:

—Es un cavernícola.

Los Snarget volvieron a mofarse y a reírse todos a una.

—¡Sí, un cavernícola bobalicón! ¡Lo ha *sacao* de un libro del cole! Nos está tomando el pelo. ¡Hace como que conoce a un cavernícola! ¡Venga, troncos, a por él! ¡Tortura china! —gritaban.

Pero Barney saltó del montón de escombros donde estaba y salió pitando hacia la otra punta de la cantera. Los Snarget lo perseguían dando alaridos frenéticos.

—¡Huye!

—¡A por él, troncos!

—¡So cobarde! ¿Te das el piro, eh?

Barney saltó por encima de varios troncos caídos y se abrió paso entre ortigales sin que le importasen los pinchos. Conocía el fondo de la cantera mejor que los Snarget y, al parecer, los estaba dejando atrás. Entonces oyó la voz del mayor:

—Sin prisa, troncos. No puede salir del fondo de la cantera. ¡Dispersaos *pa* que no pueda volver sobre sus pasos!

Pero Barney no tenía intención de volver sobre sus pasos. Con el mayor sigilo posible, a fin de que sus perseguidores no pudiesen oírle entre los ortigales y los viejos árboles, se dirigió a la entrada del refugio de Stig, se lanzó por el suelo de la cueva, se coló por el bajo umbral y desapareció, jadeando, resoplando y satisfecho consigo mismo.

Ahí estaba Stig, ocupado fabricándose con la raíz de un árbol una porra de aspecto realmente espantoso, a la que estaba fijando trozos de sílex, vidrios rotos y tornillos oxidados.

—¡Hola, Stig! —saludó Barney entre jadeos—. Estoy la mar de contento de verte. —Pero al ver la espantosa porra empezó a sentir incluso pena por los Snarget. No podía echar encima semejante monstruo a los tres chiquillos, que, pensándolo bien, aún no le habían hecho nada. Igual solo había sido un juego, a fin de cuentas. Con los Snarget nunca se sabía. Barney se limitó a esbozar una tímida sonrisa, y Stig le devolvió una amistosa sonrisa.

Entonces desde fuera les llegó el murmullo de los Snarget hablando entre ellos: «¿Se ha ido por tu *lao*, Ted?» «No. Yo no lo he visto.» «Estará por aquí *escondío*, en algún *lao*.» Se oía el ruido de la maleza al ser sacudida y de las piedras arrojadas a los zarzales. Stig aguzó el oído y miró a Barney con suspicacia, pero Barney le hizo seña de permanecer tranquilo.

—¡Caramba, espera a que te ponga las manos encima, señorito, dondequiera que estés! —se oyó la voz del mayor de los Snarget—. Las ortigas me han *picao* toda la cara por un *lao*. Lo vamos a restregar por las ortigas cuando lo pillemos, eso es lo que haremos. —Parecía que lo decía en serio, y Barney pensó que los Snarget ya no le daban tanta pena.

Las pisadas crujiendo sobre las ramitas secas se oían muy cerca de la guarida. Barney se adentró más en la cueva e hizo seña a Stig de que lo siguiese, pero Stig permaneció pegado a la entrada, furioso. De pronto el menor de los Snarget dijo con voz de pito: «¡Aquí hay una chola, hay una chola! ¡Sal de ahí!» Y un enorme terrón de caliza rozó volando la entrada y le propinó un tortazo a Stig en un lado de la cabeza.

Stig soltó un rugido y salió como una furia. Barney se lanzó tras él para ver qué ocurría. El menor de los Snarget miró con ojos desorbitados e incrédulos a Stig y salió huyendo, entre sollozos y alaridos.

—¡Aaaarrgghh! ¡Es un ca... es un ca... es un ca... es un cavernícola!

Los otros Snarget, que se habían acercado al oír el grito de descubrimiento del más joven, dieron media vuelta y pusieron pies en polvorosa nada más ver a Stig.

—¡Esperadme! ¡Esperad, esperad, no *dejarme* solo! —protestó el más joven, y luego soltó un chillido de terror cuando metió el pie en el fondo de una oxidada bañera esmaltada y cayó de bruces—. ¡Socorro, socorro, socorro! ¡Me ha *pillao*, me ha *pillao*! ¡¡¡Me ha *pillao*!!!

Casi tan asustado como el pequeño Snarget, Barney corrió adonde Stig vigilaba al chico, que temblequeaba y gemía de espanto, como si temiese ser devorado allí mismo.

Pero Stig se limitaba a observar al Snarget Guillermo Tell, allí tirado, con una mirada casi paternal. Se inclinó para ayudar al chico a ponerse en pie y Snarget gimió sin fuerzas: «No, no.» Entonces, al ver a Barney que se acercaba, volvió los lastimosos ojos hacia él y le suplicó: «¡No dejes que me haga daño! ¡No dejes que me haga daño! Yo no he hecho *na* malo.» Pero Stig lo agarró y lo guió firme pero amablemente hacia su guarida.

Aunque follonera, la banda de los Snarget no era tan negra como la pintaban. En cualquier caso, no eran la clase de sujetos que abandonan a su destino a uno de los suyos. Y quizás también pensaran que la violencia no siempre era el modo de hacer las cosas. Stig, Barney y su cautivo no llevaban mucho tiempo en la guarida cuando les llegó el sonido cercano de unas pisadas indecisas. Barney se asomó fuera y vio a los otros dos Snarget allí juntos como dos corderitos, desarmados y con bolsas de papel en la mano. El hermano mediano también llevaba un pañuelo, que supuestamente debía de haber sido blanco, atado a un palo.

—Traemos regalos —dijo el que llevaba la bandera blanca.

—Sí —confirmó el otro—. Hemos *venío* por el pequeñajo.

Barney vaciló.

—Vale, entrad —dijo—. ¡Pero sin trucos!

—¡Ni en sueños! —dijo el Snarget mediano—. No con ese compinche tuyo cerca.

Cruzaron el umbral, vieron a Stig de cerca por primera vez y se detuvieron, con los ojos cada vez más abiertos, de par en par. Luego el mediano dio un paso adelante y le tendió una bolsa de papel.

—Para ti —dijo con voz temblorosa—. Son gominolas.

Stig cogió perplejo la bolsita, la estrujó, la olió y la volteó con las manos. Barney comprendió que, pese a ser inteligente en muchas cosas, a veces era increíblemente ignorante en cosas como las bolsas de papel. Entonces, al voltear la bolsa con sus manos peludas, una gominola con forma de figurita humana cayó al suelo. Los ojos de Stig se agrandaron, se detuvo a recogerla y la observó a la luz de la vela que llameaba al fondo de la cueva, con una expresión satisfecha. Luego colocó la pequeña gominola en un hueco de la pared y se quedó mirándola.

—Se supone que es para comer, Stig —dijo Barney, que empezaba a sentirse cansado de tanta pantomima—. Está delicioso. —Se acercó a la hornacina y se tragó la gominola. Stig lo miró horrorizado, y Barney temió por un momento que fuera a pegarle.

—Hay más en la bolsa, Stig —dijo rápidamente, y le quitó la bolsa, la abrió y le enseñó las otras figuritas de gominola—. ¡Venga, cómete una! —le animó.

Stig cogió una entre los dedos índice y pulgar, se la metió despacio en la boca y la masticó poco a poco. Barney y los Snarget lo observaban ansiosos. Luego empezó a dibujarse una sonrisa en su cara. Los Snarget, hasta entonces tensos y crispados, suspiraron aliviados y sonrieron a su vez. De algún modo, todos tenían la impresión de haber presenciado una ceremonia muy solemne.

Barney pasó la bolsa de mano en mano y los cinco comieron gominolas solemnemente. Después, el mediano de los Snarget sacó el segundo regalo, que eran pequeños sobres que llevaban un caramelo en un palo y polvos pica-pica para ir chupando con el caramelo.

Se sentaron a comérselo. Tras unas breves instrucciones, Stig captó la idea de cómo impregnar el palito en los polvos, pero en cuanto dio un bocado y notó aquella sensación tan poco común en su lengua, dio un brinco del sobresalto y se puso a toser y a escupir, y los Snarget no sabían si reír o asustarse también. Pero Barney le dio unas palmaditas a Stig en la espalda, lo cual impresionó más si cabe a los Snarget, y consiguió calmarlo y que volviera a sentarse.

Por último, con una floritura, el hermano mayor sacó una cajetilla de cigarros marca Woodbine y los pasó de mano en mano. Los tres Snarget cogieron uno como si fuese algo de lo más normal, pero esta vez fue Barney quien dudó, preguntándose si debía fumar o no. Como si quisiera demostrar que todos eran ya amigos, Stig cogió uno, sin dejar de sonreír, y sin mirar siquiera qué hacían los demás con los suyos, se lo metió en la boca. El menor de los Snarget exclamó de pronto: «¡Hala, que se lo está zampando!», y antes de que pudieran hacer nada, Stig había mascado el tubito de tabaco y se lo había tragado con gran satisfacción.

Los Snarget y Barney prendieron sus cigarrillos con la vela. Barney se ahogó enseguida y lo tiró, y decidió que no le gustaba fumar; el menor de los Snarget dio una calada y primero se puso blanco y luego verde; los otros dos fumaban bastante contentos; pero a Stig, que ya se había comido otro, no le convencía nada desperdiciar en humo lo que consideraba un alimento nutritivo.

Los Snarget se sentían ya como en casa.

—Tu colegui Stig es guay —le dijo el mayor a Barney—. Pero no habla mucho, ¿eh? ¿No controla el idioma?

—Bárbaro este sitio que se ha *montao* —dijo el segundo—. ¡Caramba, mira esas lanzas antiguas!

—A mí no me ha *asustao* de verdad, ¿eh? —soltó el más joven—. Solo estaba fingiendo.

—Sí, ni tampoco pensábamos hacerle daño al bueno de Barney, ¿verdad, troncos? Solo estábamos fingiendo, ¿verdad? Yo pienso que el bueno de Barney y su compi Stig son guays, ¿eh, troncos?

Los otros asintieron en coro. Barney notó una sensación cálida por dentro ahora que los Snarget pensaban que él y su amigo Stig eran guays.

—¿Sabéis qué? —empezó el mayor de los Snarget—. Stig y Barney formarán parte de nuestra banda a partir de ahora. Y vamos a hacer el juramento de que ninguno de nosotros dirá nada a nadie de este refugio.

Barney se disponía a aceptarlo cuando pensó que, bueno, era secreto suyo antes que de nadie, así que ¿por qué debía hacer juramentos con nadie?

Pero los Snarget hicieron un horrible juramento sobre el cuerpo de la última figura de gominola que quedaba en la bolsa, a la cual cortaron la cabeza y enterraron para enseñar lo que le pasaría a cualquiera de ellos si rompía el juramento.

Barney supo con seguridad que su secreto no se divulgaría por el pueblo y tuvo la sensación de que Stig y los Snarget se llevarían muy bien entre ellos.

Para sorpresa de Barney, cuando regresó a casa de la abuela, no se le había hecho tarde para el almuerzo y su yaya servía el guiso en ese instante.

—¿Has encontrado alguna diversión fuera, cariño? —le preguntó la abuela—. ¡No es que haya hecho muy buen día!

—Me lo he pasado súper bien con los Snarget, yaya. Primero les bombardeé y luego querían lincharme o torturarme o algo así, pero enronces huí a la guarida de Stig y pensaron que él iba a comerse a uno de su banda pero al final hemos comido niños, de esos de gominola, ¿sabes?

—¡Ah! —exclamó la abuela—. ¿No son esos Snarget demasiado brutos como para jugar con ellos?

—Sí, pero no son tan brutos como Stig. Yo pienso que son guays —respondió Barney.

6. Desollado y enterrado

Barney estaba subido a un olmo, que crecía muy cerca de casa del abuelo. Tenía un columpio en una de las ramas más bajas y, casi en la copa, una cavidad donde las grajillas anidaban todos los años. Barney había trepado al árbol para ver cómo pasaban la primavera, y ya habían puesto un huevo. Subió más arriba, al ramaje más fino y flexible de la copa y, aferrado a él, se dejó mecer por el viento. Desde ahí veía la casa prácticamente a sus pies y el jardín con algunos narcisos y flores de azafrán incipientes, y también el bosque y los sotos donde los árboles todavía enseñaban el esqueleto, aunque empezaran a cubrirlo con nuevas hojas verdes.

Oyó la voz de Lou, que lo buscaba por la casa, pero no contestó. «A que no me encuentra», pensó, y sonrió para sus adentros. Vio entonces a la abuela y a Lou en el jardín, dirigiéndose hacia el automóvil con cestas de la compra. Su abuela lo llamó:

—Barney, ¿dónde estás?

Barney se rió entre dientes. Él las veía y, del mismo modo, ellas podían verlo a él si miraban a fondo, pero la abuela y Lou subieron al automóvil y se marcharon, y vio como se alejaban por los caminos que conducían al pueblo.

¡Se habían ido de compras y lo habían dejado allí solo! ¡No era justo! Estaba tan enojado que casi se cayó de una rama. Entonces pensó que no era buena idea patalear cuando se está encajado en la horcadura de una rama y, de todos modos, podía quedarse tan ricamente ahí arriba en vez de ir de compras. En verdad le apetecía más estar subido a un árbol al viento que ir de compras.

Podía divisar los campos arados con un tractor que avanzaba a paso de tortuga por la tierra desnuda tirando de una rastra. Podía ver vacas blancas y negras en los prados. Podía ver gallineros, y esos puntitos amarillos como granos de arena que correteaban debían de ser crías de pollo. Pudo ver un gran coche negro que se acercaba a la casa por el camino.

Qué extraño: el coche se detuvo y se salió de la carretera, adentrándose en el soto, junto a la cantera.

Pudo ver a dos hombres que bajaban del coche y caminaban hacia la casa. Llevaban sombreros oscuros y gabardinas, y no parecían gente de campo. ¿Los había visto antes?

¡Sí, claro! Habían llamado una vez a la puerta y había salido a abrir él. Le habían preguntado si su abuela tenía plata o joyas para vender y él les había contestado que claro que la abuela tenía montones de plata y joyas, pero que no creía que quisiera venderlas porque ya tenía dinero. Y entonces salió la abuela y les dijo que no quería vender nada, gracias, y que si lo hacía no sería en el umbral de su casa, y a Barney le pareció que se enfadada bastante. Y ahora ahí estaban los hombres otra vez. Bueno, pero no había nadie en casa y él no pensaba bajar del árbol.

Uno de los hombres se quedó en el camino y el otro fue hasta la puerta y llamó. Como era de esperar, no contestó nadie.

El hombre llamó otra vez y aguardó un buen rato. Luego rodeó la casa y probó la puerta trasera. No estaba cerrada. El hombre miró a su alrededor, abrió la puerta y entró.

A Barney le latió con fuerza el corazón y notó una sensación extraña en las piernas, como si fuese a caerse de la rama, a pesar de que se aferraba a ella con todas sus fuerzas. Aquel hombre había entrado en casa de la abuela, cuando no debía hacerlo. ¡Seguro que era un ladrón! ¡Se llevaría toda la plata y se largaría en su coche! Y Barney estaba completamente solo en la copa del árbol y, aunque viera campos y campos hasta perderse en el horizonte, no vio ni a un solo ser humano en millas a la redonda aparte del conductor del tractor. Nadie podía ayudarle en esos momentos.

¡Espera, sí que había alguien!

Barney comenzó a bajar del árbol, tratando de no temblar ni entusiasmarse en exceso. Lo mejor sería bajar por el lado del árbol que no daba a la casa, para que no lo vieran, y los mejores apoyos de pies y manos eran los que daban a la casa, precisamente. En el último trecho, Barney resbaló y aterrizó en los arbustos que crecían al pie del tronco. Permaneció ahí agazapado durante unos segundos, deseando no haber hecho demasiado ruido, luego se arrastró a gatas y corrió tan rápido como pudo por el prado en dirección al soto. Saltó la valla y se detuvo entre los zarzales, jadeando y mirando hacia la casa. No vio indicios de que lo hubieran seguido, por lo que se puso en pie y se adentró en el soto. ¡Cuidado, campanillas y primaveras, tengo prisa!

Cuando por fin llegó a la cueva de Stig, después de rodear la cantera y bajar hasta el fondo, apenas le quedaba aliento.

Allí estaba Stig, la mar de a gusto. Se respiraba un fuerte olor procedente de algo pegajoso que estaba mezclando en el fuego. Stig pegaba puntas de flecha a los mangos y las ataba con cuerda de tripa que sacaba de una vieja raqueta de tenis rota. Parecía preparado para la temporada primaveral de caza.

—¡Stig! —dijo Barney, resoplando—. ¡Gracias a Dios que estás aquí! ¡Tienes que ayudarme! Un hombre se ha colado en casa de la abuela y seguro que es un ladrón y piensa llevarse toda la plata y las joyas y hasta mi hucha si la encuentra, y tiene dentro tres chelines con tres peniques. ¿Qué vamos a hacer, Stig?

Stig se limitó a sonreír de forma amistosa y Barney empezó a sentirse desesperanzado. Era igual que cuando intentaba hablar de Stig a las personas mayores y ellas se limitaban a sonreír y decir: «¿En serio?» Y, claro, Stig no hablaba su idioma. Tampoco es que hablase mucho por lo general, pero tenía que conseguir que lo entendiese.

—¡Enemigo! —exclamó Barney ferozmente, señalando arriba del barranco—. ¡Hombres malos! —dijo, torciendo la cara para parecer malvado—. ¡A pelear contra ellos, Stig, con la lanza, a por ellos! —le animó, haciendo aspavientos con el arco y las flechas y luego con la lanza.

Stig pareció captar la idea. Hizo una mueca espantosa, frunciendo el entrecejo más que nunca. Barney buscó armas a su alrededor. Apoyados contra la pared vio un arco que parecía nuevo y las flechas que Stig había estado fabricando, algunas lanzas, una hacha y la porra de aspecto espantoso. Barney cogió el arco y las flechas y se los pasó a Stig, pero Stig se los devolvió y agarró la porra en su lugar.

—¿De verdad que me dejas el arco y las flechas, Stig? —exclamó Barney—. ¡Cielos, gracias! ¡Vamos, no hay tiempo que perder!

Salieron corriendo del fondo de la cantera y, en vez de torcer a la derecha y regresar al jardín por el soto, Barney prefirió dar un rodeo y subir por el cerro hasta la casa. Una vez en lo alto, donde el camino pasaba cerca del barranco de caliza y había un claro donde los camiones se salían del camino para verter cosas por el barranco, vieron aparcado el enorme automóvil negro. Y allá iban los dos hombres con gabardina y sombrero negro, cargados con un maletín grande cada uno.

Sin pensarlo, Barney colocó una flecha en el arco y la disparó. Un oscuro sombrero de ciudad saltó de la cabeza de uno de los hombres y se clavó en el terraplén atravesado por una flecha con punta de sílex. Los hombres se detuvieron. Entonces vieron a Barney.

—¡Será posible, el crío! —dijo el hombre—. ¡Deja eso! ¡Es peligroso jugar con arcos y flechas!

—¡Sois unos ladrones! —exclamó Barney—. ¡Lo sé, lleváis la plata de la yaya en ese maletín!

El hombre miró a su compañero.

—¿Has oído eso? —dijo—. El chico piensa que somos ladrones. Mira, hijo, hemos venido a reparar el televisor de tu yaya, ¿verdad, Sidney? Llevamos nuestras herramientas en estos maletines, ¿verdad, Sidney?

—Así es —dijo Sidney.

—Valiente renacuajo, ¿has visto, Sidney? Vigilando la casa de la yaya cuando no está, ¿eh, hijo? Tengo algunos caramelos para ti en el coche.

—No me gustan los caramelos —dijo Barney. Pero empezaba a sentirse tonto y bajó el arco, que estaba apuntando al hombre con otra flecha ya lista.

El hombre se volvió para recoger el sombrero, que llevaba la flecha clavada. Arrancó la flecha y, al ver la punta con el afilado sílex, empalideció.

—¡Chiquillo del demonio! —gruñó—. ¿De dónde has sacado esto, eh? ¿Sabes que podrías haberme matado? —Partió las flechas por la mitad, tiró furioso los trozos al suelo y ordenó:— ¡Venga! ¡Dejaos de pamplinas o tendréis que véroslas conmigo! —dijo encarándose con Barney con una mueca muy desagradable.

Stig había permanecido al acecho detrás del vehículo, escuchando la extraña conversación y preguntándose de qué iba todo aquello. Cuando vio que el hombre rompía su preciosa flecha y se acercaba furioso a Barney, no necesitó saber más. Dejó escapar un sonido entre gruñido y aullido y se abalanzó sobre el hombre, amenazándole con su temible porra. Tan pronto como vieron aquella horrible figura, los dos hombres soltaron sus maletines y pusieron pies en polvorosa, con Stig detrás en una loca persecución y Barney corriendo detrás de Stig.

—¡Stig! ¡Stig! ¡Vuelve! —voceaba Barney—. Ha sido todo un malentendido. ¡No son malos! ¡No son ladrones, han venido a reparar el televisor! —Pero no servía de nada. ¿Qué sabía Stig de televisores?

Había una valla de alambre de espino al final del sendero y los hombres decidieron saltarla con la esperanza de escapar de Stig. Cuando le llegó el turno al segundo, se le enganchó la gabardina en el alambre. Presa del pánico, se zafó como pudo de la gabardina y salió corriendo campo a través, dejándola en la valla. Eso fue lo que le salvó de las púas de la porra de Stig, pues éste se detuvo a mirar la gabardina, como intentando averiguar qué parte de su cuerpo había dejado atrás el hombre. Barney le dio alcance y lo agarró del brazo.

—¡Stig! ¡Stig! Deja de perseguir a esos hombres —dijo Barney, jadeando—. Creí que eran ladrones, pero no lo son. Como se lo cuenten a un policía, nos veremos envueltos en un buen lío.

Pero Stig miraba la gabardina. Al darle la vuelta se oyó un tintineo, y un montón de objetos brillantes cayeron de los bolsillos. Stig se abalanzó sobre ellos con los ojos abiertos de par en par, los recogió y los admiró, girándolos a la luz del día.

—No, Stig —dijo Barney—. No te los puedes quedar. No son más que las cucharillas de ese hombre. Supongo que pensaba ir de picnic. ¡Eh, espera un minuto!

Barney tiró a Stig del brazo.

—¡Vamos! —le urgió—. Será mejor que miremos dentro de los maletines.

Volvieron corriendo al camino, donde las maletas yacían tiradas en el suelo. Barney abrió una.

—¡Caramba! —exclamó. ¡Todas las cucharas y los tenedores y los cucharones y los objetos de la yaya, las joyas y las baratijas de su tocador, un par de gemelos que pertenecían al abuelo, y su propia hucha! Meneó la hucha. ¿Seguía sonando a tres chelines con tres peniques?

¡Así que en realidad eran ladrones! ¿Qué debía hacer ahora? Posiblemente vendrían a buscar su gran automóvil negro. ¿Cómo podía detenerles? Corrió al coche, abrió la puerta trasera y echó una ojeada dentro. Debajo de unos sacos había más maletines y bolsas que sonaban a metálico al tocarlas. ¡El botín de las casas de otras personas!

Barney se sentó en el asiento del conductor y sujetó el volante. Si supiera conducir, podría llevar el coche a la policía. Quitó el freno de mano; al menos eso sí que sabía hacer. El vehículo empezó a rodar hacia atrás, ¡hacia el borde de la cantera! Presa de pánico, Barney abrió la puerta y saltó con el vehículo en marcha. Contempló boquiabierto y con los brazos en jarras cómo el automóvil se deslizaba lentamente hacia la cantera. El coche dio un tumbo cuando la primera rueda trasera, y después la otra, se salieron del borde. Los bajos del vehículo chocaron contra algo; con suerte, se detendría por fin. Pero no, el borde de la cantera se desmoronó, la parte trasera del automóvil se hundió más aún, las ruedas delanteras se levantaron poco a poco en el aire, y con un chirrido horrible el automóvil entero resbaló por el precipicio. A Barney le pareció que transcurrió un buen rato hasta que se oyó el choque del automóvil contra el suelo del vertedero, pero se sentía demasiado mareado como para mirar.

Cuando abrió los ojos, vio a Stig asomado al borde del barranco, meneándose, señalando y sonriendo de oreja a oreja, como si el coche fuese un fabuloso animal recién cazado y él estuviese deseando despedazarlo. Luego se apresuró a rodear la cantera para bajar al fondo.

Barney recordó los maletines y, a toda prisa, los escondió bien entre unos zarzales antes de correr tras Stig. Cuando llegó al automóvil, que yacía panza arriba, Stig se afanaba en desollar la piel de los asientos y las alfombrillas del suelo. Barney lo observaba con expresión de impotencia. Obviamente, Stig pensaba que podía hacer lo que se le antojase con cualquier cosa arrojada a su vertedero, pero si regresaban los hombres y lo descubrían, se pondrían muy furiosos. Entonces se le ocurrió una solución.

Se subió a la pila de basura amontonada al borde del barranco y se puso a tirar cosas encima del automóvil siniestrado: viejos somieres, tinas, cuadros de bicicletas. Stig captó enseguida la idea: estaban enterrando al animal para ocultarlo al enemigo. Al poco, el vehículo estaba cubierto de trastos, ramaje y musgo.

Pero entonces, en plena faena, Stig se quedó paralizado de súbito, aguzando las orejas. Barney aguzó las suyas también. Llegaban unas voces de lo alto del barranco. Barney se arrastró hasta el interior del automóvil volcado e hizo seña a Stig de que entrase también. Se agazaparon en el techo, con los asientos y los pedales por encima de ellos, y escucharon.

Las voces de los dos hombres les llegaban desde lo alto del barranco.

—Bueno, pues aquí no está. ¡Anda, mira a fondo!

—Nada, ni rastro. ¿Y ahora qué?

—Pues nos espera un buen paseíto, eso es lo que nos espera, amigo. O, si no te gusta andar, puedes ir corriendo, porque parece que te gusta eso de correr.

—Ah, ¿conque me gusta correr? Pues tú también has salido corriendo, ¿o no?

—Tú echaste a correr primero. Te asustaste porque un par de chiquillos estaban jugando a pieles rojas y hemos perdido el botín, todo gracias a ti.

—Que te digo que no eran niños. Uno por lo menos, seguro que no.

—¿Y entonces qué era?

—Pues era algo, cómo decirte, algo horrible. Pero no me sorprende nada, viniendo de un sitio tan horrible como éste. Venga, larguémonos de aquí. Te digo que no me gusta este lugar. Yo me vuelvo a la ciudad, aunque tenga que hacer todo el camino a pata.

Barney sonrió a Stig cuando las voces se hubieron alejado. Stig sonrió de oreja a oreja y sacudió su espantosa porra.

*

La abuela y Lou ya habían vuelto de sus compras cuando Barney entraba con gran esfuerzo por la puerta principal cargado con los dos pesados maletines llenos de plata.

—Barney, ¿dónde diantres te habías metido? —preguntó la abuela.

—Te traigo de vuelta las cucharas y los tenedores, yaya. Sabes, dos hombres vinieron a reparar el televisor. Quiero decir, eso es lo que ellos decían, pero en verdad eran ladrones y yo estaba subido al árbol, pero yo y Stig los hemos espantado y se me ha caído su coche por la cantera sin querer, y ahora está allí con todo el tesoro dentro.

—Vaya, has estado entretenido—dijo la abuela—. Ahora tomemos el té, ¿no os parece? Pon la mesa, Lou, y tú, Barney, ve a lavarte las manos. ¡Mira cómo las traes!

Lou empezó a poner la mesa.

—¿Dónde están las cucharillas del café, yaya? —preguntó.

—Estarán donde siempre, cariño —respondió la abuela desde la cocina. Barney se llevó la mano a la boca.

—No, aquí no están, yaya —dijo—. Están colgadas en la valla del jardín del señor Tickle.

—¡Cómo! —exclamó la abuela—. De verdad, Barney, eso está muy feo. Sabes que no debes coger la plata para jugar.

—Pero si no la he cogido yo, yaya —protestó Barney—. Ha sido el hombre de la tele, y Stig corría tras él con una porra y yo intenté detenerle porque creí que no era un ladrón, pero se quitó la gabardina y la dejó colgada en la valla y las cucharas se cayeron. Primero pensé que era porque iba de picnic pero luego vi que eran tuyas. Voy a recogerlas. —Y salió corriendo.

Cuando volvió, había un policía en la puerta hablando con la abuela. Parecía preocupada.

—¿Qué historia es esa de los ladrones, hijo? —preguntó el policía.

—Sí, los vi arriba del árbol, o sea, era yo el que estaba arriba, y uno entró en casa, y fui a buscar a mi amigo Stig, y yo y Stig tuvimos una pelea con ellos y huyeron corriendo y las cucharas se cayeron y el automóvil estaba lleno de tesoros.

El policía se rascó la cabeza.

—Y ahora un automóvil, dices. ¿Y sabes dónde está ese automóvil, hijo?

Barney se apoyó en una sola pierna.

—Verá, pensé que a lo mejor yo podía conducirlo a la comisaría, pero resbaló marcha atrás por el barranco y Stig pensó que estaba muerto y empezó a desollarlo y luego lo enterramos. ¡Pero no pude evitarlo, se lo prometo!

El policía intentaba anotarlo todo en una libreta, pero cuando llegó a la parte en que desollaban y enterraban el automóvil, dejó de escribir y miró a Barney con severidad.

—No te estarás inventando todo esto, ¿verdad, hijo? —preguntó muy serio.

—Me temo que mi nieto tiene muchísima imaginación —dijo la abuela.

—¡Pero estoy diciendo la verdad, yaya! ¡Lo prometo! —se defendió Barney.

—Quizás el chiquillo quiera enseñarme dónde está ese, eh..., supuesto tesoro, señora —sugirió el policía.

—¡Sí, sí! —exclamó Barney—. Está justo debajo del camino. ¡Vamos! —Y agarró al policía de la mano y tiró de él hasta la puerta y luego por el sendero, mientras iba explicándoselo todo.

—Está todo en el suelo del coche, el tesoro. O, bueno, en el techo del auto, supongo, porque el coche está volcado del revés en el fondo de la cantera.

Condujo al policía hasta lo alto del barranco, donde había caído el automóvil, y lo señaló.

—Está ahí abajo —dijo.

El policía echó un vistazo.

—No veo nada —dijo.

—Claro que no —explicó Barney—, porque lo hemos enterrado. Vayamos abajo y lo verá.

El policía parecía cada vez más incrédulo.

—Mira, hijo —empezó—. Han entrado a robar en tres casas de este vecindario, y mi trabajo es atrapar a los ladrones y devolver los objetos de valor. Y no tengo mucho tiempo que perder. ¿Dónde está ese tesoro que dices?

—Está ahí abajo —insistió Barney—. Si baja, se lo enseñaré enseguida.

Lo condujo por el camino que rodeaba por arriba la cantera y luego hasta la entrada de abajo. Empezaba a oscurecer y el policía sacó una linterna eléctrica del bolsillo. Treparon al montón de basura y Barney apartó las ramas que ocultaban la puerta del automóvil volcado.

—¡Aquí está! —dijo.

El policía alumbró el interior con la linterna. Había una maraña tremenda de cuero hecho trizas y cristales rotos de las ventanillas, relleno de los asientos esparcido por todas partes y muelles a la vista. Ni rastro del tesoro.

El policía se sentó encima de una vieja tina y se quitó el chaleco. Así parecía un hombre normal y corriente.

—¿Cómo te llamas, hijo? —preguntó con bastante amabilidad.

Barney se lo dijo.

—Escúchame, joven Barney —empezó el policía—. Cuando yo era más joven solía tener también mucha imaginación, como dice tu abuela. Solía jugar a polis y a cacos, y te aseguro que era mucho más emocionante y divertido que ser un poli de verdad, como soy ahora. Por eso no te culpo, ¿entiendes? Has imaginado que tenías una pelea con dos ladrones, ¿estamos? Has imaginado que esta vieja chatarra que lleva años aquí era un automóvil que ha caído por el barranco. ¿Es o no es así? No estabas contando mentiras, porque tú pensabas que era real. Pero es así, ¿o no? ¿A que nunca ha ocurrido de verdad?

Barney enmudeció. Si lo decía un mayor, y un mayor como ése, que además era policía, a lo mejor uno podía imaginarse peleas con cacos y coches que se caen por barrancos. A lo mejor tan solo había imaginado a Stig. Barney miraba desconsolado la oscuridad de la cantera y estaba a punto de asentir con la cabeza a todo lo que el poli le había dicho cuando vislumbró un destello de luz en la otra punta de la cueva. ¡La guarida de Stig!

Se secó unas lágrimas que le habían cubierto los ojos y dijo con firmeza:

—Sí que ha pasado. Y sé dónde está el tesoro. —Y se escabulló por el lúgubre fondo de la cantera en dirección a la guarida.

Ya conocía muy bien el camino, incluso en la oscuridad, pero al andar daba puntapiés a las latas y hacía sonar cuanto podía las viejas láminas de hierro oxidado. Quería alertar a Stig de que iban para allá. Supuso que sería demasiado intentar explicarle al policía quién era Stig, aunque el propio Stig apareciera ante sus mismísimos ojos. Barney oyó que el policía le seguía los pasos, armando incluso más ruido que él, y estaba casi seguro de haber oído un crujido que debía de ser Stig escondiéndose en su zarzal favorito. Cuando llegó ante la entrada del refugio, bastante antes que el policía, no había ni rastro de Stig a la brillante luz de la lumbre.

Barney se quedó en el umbral e hizo seña al policía para que entrase. El policía se dobló para pasar por el bajo umbral. Luego profirió un grito ahogado.

Parecía la cueva de Aladino. Del techo del refugio pendían collares y brazaletes centelleantes. El suelo de la cueva estaba alfombrado con la piel de los asientos del automóvil. La cama de Stig estaba hecha con el relleno de los asientos y cubierta con abrigos de pieles, y, encima de la cama, colgado en la pared, había un espejo retrovisor y una serie de interruptores y botones que rezaban: «FAROS», «LIMPIAPARABRISAS» y «CALEFACCIÓN». Y por todo el suelo, clavados en la tierra cual solditos de hojalata en un desfile, se veían tropas de cucharas y tenedores de plata. ¡Stig se lo había pasado en grande!

—¡Válgame Dios! —exclamó el policía, y sacó su libreta—. Me lo llevo todo, Barney, muchacho. Y si me ayudas a registrar en mi cuaderno todos estos efectos robados que alguien ha tenido la bondad de colocar en procesión para nosotros, se los devolveremos a sus verdaderos dueños lo antes posible. Y no me sorprendería nada que hubiese una recompensa para un muchacho brillante cuando todo esto termine.

Barney se puso a explicar desde el principio todo lo que había pasado, pero el policía le dijo que había tenido un día agotador y que prefería no atender a más explicaciones.

Pero esta vez, cuando Barney volvió con sus padres después de sus vacaciones en casa de la abuela, se llevó también una bici toda nuevecita. ¿Y Stig? Bueno, Stig se quedó decepcionado porque no le dejaron quedarse con todo el tesoro, pero antes de irse, Barney encontró unas llaves inglesas entre la chatarra del automóvil y enseñó a Stig cómo usarlas. Stig se sintió muy orgulloso de su collar de tuercas de acero ensartadas en un cable de alambre, y de sus pulseras de aros de pistón.

7. Modales festivos

Eran las vacaciones de Semana Santa. Barney y Lou se habían puesto a dibujar en el comedor, y la abuela había colocado unas hojas de periódico sobre la mesa para evitar un estropicio. Barney tenía los codos hincados en la mesa y leía el periódico.

—¡Eh, Lou! —exclamó de pronto—. Mira lo que dice aquí. Dice «Circo El Mamut». ¿Crees que podremos ir?

—Supongo que será un periódico viejo —respondió Lou sin levantar la mirada del caballo que estaba dibujando—. Lo más seguro es que ya haya sido y que se marchara hace mucho.

—No, pero Lou, ven, mira —rogó Barney—. A lo mejor no.

Lou dio la vuelta a la mesa hasta Barney y miró el anuncio.

—«El mejor espectáculo ambulante del mundo» —leyó—. ¡Caramba! Caballos en libertad, Ranji y sus elefantes, atrevida exhibición de animales salvajes.

—Sí, pero Lou, ¿cuándo es? —preguntó Barney impaciente.

—Espera un minuto. Se inaugura en Maidsford el 17 de abril. ¡Eso es la próxima semana! ¡Ven, Barney, vamos a preguntarle a la yaya si podemos ir!

Pero cuando irrumpieron alegremente en el salón, la abuela estaba sentada en una silla hablando con una mujer desconocida, algo bastante inusual en casa de la abuela. Ambos permanecieron en la puerta con los ojos abiertos de par en par hasta que la abuela les dijo:

—¡Venid a saludar a la señora Fawkham-Greene, niños!

Los hermanos entraron y le estrecharon la mano.

—Estos son mis nietos, Barney y Lou —explicó la abuela a la desconocida—. Pasarán conmigo parte de las vacaciones.

—¡Cómo me alegro por usted! —arrulló la señora Fawkham-Greene—. ¡Y qué ricura de niños! Me habría gustado conocerlos antes. Voy a dar una fiesta de disfraces en honor a mi sobrina pequeña el miércoles. ¿Cree que a Barney y a Lou les gustaría venir? Hoy en día parece que los niños detestan las fiestas, pero yo creo que les hacen bien, ¿no le parece?

—¡Oh, una fiesta de disfraces! —exclamó Lou—. ¡Déjanos ir, yaya! ¡Yo iré de puma!

—¡Y yo de cavernícola! —dijo Barney—. Yaya, ¿podemos? Y yaya, ¿podemos ir al circo también? Es el lunes que viene. ¡Por favor, yaya, di que sí!

—¡Espera, espera! —exclamó la abuela—. ¡Circos y cavernícolas y pumas! Me temo que habrá que pensarlo, niños.

—Pues parece que a las criaturas les encanta la idea —dijo la señora Fawkham-Greene—. Tráigalos, si puede, seguro que están encantadores de puma y de cavernícola. Mi sobrina irá de pastorcilla. Encargamos expresamente el traje en Londres, y está tan rica con él puesto. Ha sido una delicia conocer a sus encantadores nietos. Espero que contemos con su presencia el miércoles.

La señora Fawkham-Greene salió majestuosamente de la casa y se alejó en un gran automóvil resplandeciente. La abuela explicó a sus nietos las dificultades de confeccionar disfraces con tan solo un día y medio de margen. Quizás podrían ir al circo en vez de a la fiesta, pero lo más seguro es que sus padres viniesen a recogerlos el fin de semana siguiente para llevarlos de vuelta a casa.

Los niños salieron del salón un tanto tristones. Se les habían ido las ganas de seguir pintando. Lou se acurrucó con un cuento de animales; Barney se acercó a la ventana y pensó.

Luego, sin decir palabra, salió por la parte trasera de la casa. Cuando llegó a medio camino, se paró y pensó otra vez. Volvió a la casa, subió sigilosamente las escaleras y rebuscó en su cuarto hasta encontrar su preciosa colección de canicas, luego volvió a salir de la casa y se dirigió a la cantera.

Barney caminaba preguntándose si el plan que había concebido funcionaría. O, mejor dicho, no tenía un plan; solo tenía el presentimiento de que Stig podría ayudarle de nuevo, pero esta vez iba a resultar difícil explicárselo. Estaba seguro de que Stig no entendería nada de fiestas de disfraces, pero Stig tenía tantas cosas en su guarida que, por fuerza, algunas servirían —eso si Barney lograba que se separase de ellas.

Cuando llegó a la guarida, encontró a Stig despegando un viejo paraguas que alguien había tirado al vertedero. Arrancó la tela impermeable y se la probó de varias formas. Después de agrandarle el agujero del centro, se coló por dentro y descubrió que hacía las veces de falda.

—¡Qué astuto, Stig! —exclamó Barney—. Así también servirá para resguardar de la lluvia.

Stig se fijó entonces en el armazón del paraguas. Desencajó una a una las varillas, que eran dobles, y después se quedó mirando el montoncito. Barney se figuraba que Stig estaba pensando qué uso darles. El primer uso lo descubrió sin pensar: la varilla era perfecta para rascarse justo en medio de la espalda, donde le picaba. Stig observó otra varilla durante un rato y jugueteó con ella. Descubrió que podía clavar sus dos pies en la tierra de suerte que la parte más larga sobresalía formando un ángulo. Enseguida se levantó a por un nabo y lo clavó en la punta que quedaba en el aire. El invento se tambaleó un poco, de modo que encajó otra varilla para que fuesen cuatro los pies que sujetasen el nabo. Luego lo acercó al fuego de modo que el nabo quedara suspendido sobre las brasas. Ahí estaba: una tostadora de pie, o un asador. Stig manipuló otra de las piezas de metal y la dobló con sus fuertes manos hasta que uno de los extremos se partió. Tenía, pues, una fina pieza de metal con un agujero en la punta. No tardó mucho en afilar el otro extremo con una piedra rugosa: ya tenía una aguja grande y útil.

Stig parecía muy satisfecho con todas las cosas que podía hacer con sus trocitos de paraguas. Apartó a un lado las otras partes metálicas, desprendió el puño del paraguas, tallado con forma de terrier escocés, y lo clavó en la pared a modo de decoración, y luego apoyó el bastón en la pared junto a sus otras armas. Sería una flecha espléndida.

Barney se había quedado tan fascinado mirando lo que Stig era capaz de inventar con los trozos del paraguas, que casi había olvidado el motivo de su visita. Entonces recordó la fiesta de disfraces. Se metió la mano en el bolsillo y sacó una canica.

—Te he traído esto, Stig —dijo.

Stig cogió la canica con interés, la miró al trasluz, sonrió y se la metió en la boca.

—¡No, no, Stig! —gritó Barney—. No es para comer. ¡Escúpela, Stig, por favor!

Stig se sacó la canica de la boca y miró a Barney de manera inquisitiva.

—Es solo para jugar —explicó Barney—. ¡Mira, tengo otra! —Le lanzó la segunda canica por el suelo. A Stig pareció divertirle el modo en que la canica rodaba por el suelo, despidiendo destellos de luz. Después le lanzó su canica a Barney y ambas chocaron y rebotaron. Stig jugó con ellas durante un rato y luego se las devolvió a Barney.

—No, son para ti, Stig —dijo Barney—. Puedes quedártelas. —Stig las dejó con cuidado en un hueco de la pared y luego pareció que buscaba algo para regalarle a Barney a cambio. Escogió dos o tres de sus preciados restos de paraguas y se los tendió, pero Barney los rechazó con la mano.

—No, gracias, creo que no quiero trozos de paraguas —dijo. Stig pareció aliviado. En realidad, no quería prestárselos. Se acercó a una pila de cosas de metal y volvió con un bolinche de bronce y se lo tendió a Barney, que volvió a negar con la cabeza, esperando que Stig no se ofendiese si seguía rechazando sus regalos. Barney tenía puesto el ojo en un montón de pieles apiladas en un rincón, y Stig pareció darse cuenta porque fue hasta allí y escogió una especie de mandil de pieles de conejo cosidas entre sí, como las que solía llevar él.

A Barney se le iluminó el rostro.

—¿De veras que es para mí, Stig? ¡Oh, gracias! —Y se guardó las pieles bajo el brazo.

Había muchas más pieles en el montón. Barney se agachó y les dio la vuelta. Había pieles de topo, pieles de ardilla, cosas que parecían pieles de gato, y Barney se paró a pensar cómo habrían llegado hasta allí. Entonces profirió un grito ahogado de asombro. Entre las últimas pieles había una de un animal grande, con la cabeza y todo, y era de color dorado con motas negras. ¡Un leopardo! Barney la sacó del montón y la miró con ojos desorbitados.

—¡Caramba, Stig! ¿Has matado tú esto? —preguntó.

Stig lo miró.

Barney hizo como que arponeaba mirando la piel, puso una mueca interrogante y señaló a Stig. Éste sonrió y se encogió de hombros. Al parecer, deseaba que Barney pensara que había matado a un leopardo, pero Barney se mostraba receloso. Había visto a soldados llevando pieles de leopardo como ésa en bandas militares, y las había visto en los suelos de algunas casas. Igual alguien había tirado ésa sin más. Era increíble lo que la gente llegaba a tirar, solo había que echar un vistazo al vertedero y a la cueva de Stig para ver que a veces eran cosas bastante valiosas. En fin, había una piel de leopardo, y Lou quería ir a la fiesta disfrazada de leopardo, ¿o era de puma? En cualquier caso, esa de leopardo le haría bastante ilusión. Solo tenía unos rodales donde faltaba pelo. Pero ¿querría prestársela Stig?

Barney se tocó el bolsillo. Solo había gastado dos canicas por ahora, y le quedaban muchas más. Se sacó otras dos, se las dio a Stig y señaló la piel de leopardo.

Stig miró las canicas, miró las pieles y pareció dudar mucho.

Barney añadió otra canica a las dos que tenía en la mano.

Stig seguía dudando.

Barney se sacó dos canicas más del bolsillo. Ahora eran cinco.

De pronto Stig pareció entender que a Barney le quedaba un buen puñado de canicas. Alargó las dos manos a Barney, con todos los dedos extendidos. «¡Diez! Una piel de leopardo cuesta diez canicas», pensó Barney. Esperó tener tantas. Dejó las cinco primeras canicas en el suelo y contó las que le quedaban en el bolsillo. Seis, siete, ocho, nueve... Y le quedaban tres más.

—Toma, te las puedes quedar todas —dijo Barney, y le dio las doce. Stig había ido comprobando con sus dedos el número de canicas que Barney contaba. Cuando descubrió que tenía más canicas que dedos, se puso tan contento que fue a otro rincón de la cueva y volvió con un hacha de piedra con el mango de madera y se la regaló a Barney, además de la piel.

—¡Vaya, Stig! ¿Esto también es para mí? —exclamó Barney, que se sentía muy contento a su vez—. Oh, Stig, eres muy amable por dejarme tener todo esto. ¡Gracias, gracias! Ahora tengo que irme, Stig, y enseñarle a Lou lo que tenemos. Ahora sí que podremos ir a la fiesta de disfraces. ¡Adiós!

Y Barney se fue brincando, agarrando bien los dos fardos de pieles y el hacha de madera.

Al llegar a casa tuvo una idea. Con sigilo, llevó los fardos a su cuarto, se desvistió conservando solo la ropa interior y, después de pelearse un rato con un par de imperdibles, se disfrazó con las pieles de conejo. Se miró en el espejo y frunció ferozmente el entrecejo, pero algo fallaba. ¡Porras! Le habían cortado el pelo hacía solo dos semanas y no lo llevaba lo bastante largo. Tuvo otra idea. Bajó las escaleras, abrió el armario de los productos de limpieza y le quitó la cabeza a la mopa. Cuando se la puso en la cabeza delante del espejo, vio que le quedaba bien. Encontró el modo de atársela a la barbilla para que no se moviera.

Con el hacha en una mano y la piel de leopardo en la otra, se deslizó por el pasillo hasta el cuarto de su hermana. Tal como suponía, seguía tumbada en la cama con un libro. Entonces dio un alarido e irrumpió en el cuarto empuñando el hacha.

Lou dio un respingo como un gato sobresaltado e increpó a Barney, furiosa.

—¡A quién se le ocurre dar esos sustos! —exclamó, enfadada—. Pero sabía que eras tú, Barney.

—Oh, no lo sabías —rió Barney—. De todas maneras, no soy Barney, soy Stog, el hermano de Stig. —E hizo una danza guerrera en círculos por el cuarto.

—¿Dónde te habías metido? —preguntó Lou, más tranquila.

—¿Yo? Yo estar cazando —dijo Barney—. ¡Mira lo que he matado! —Y tiró la piel de leopardo al suelo. A Lou casi se le salen los ojos de las órbitas.

—¡Cielos, Barney! ¿De dónde has sacado esto? —preguntó.

—Yo matar en bosque —alardeó Barney.

—No, ¡dime la verdad, Barney, por favor!

—Bueno, no lo he matado yo, en verdad, era una trola —dijo Barney—. Me lo ha dado Stig.

—¡Ah, Stig! —se burló Lou—. ¡Tú y tu dichoso Stig! ¿Quieres decir que lo has encontrado en el vertedero?

—Que te digo que me lo ha dado Stig —repitió Barney—. Y me debes doce canicas. No tienes que quedártela, si no la quieres. —Y se la arrebató.

—No, no, porfa, Barney, devuélvemela. Es una piel de leopardo muy bonita. Te compraré canicas la próxima vez que vayamos a la ciudad. ¡Venga, ayúdame a probármela!

Entre los dos, y con la ayuda de imperdibles y lazos, lograron vestir a Lou con la piel de leopardo. Los rodales sin pelo apenas se veían y había dejado de oler como un leopardo de verdad. Y una vez que Lou se hubo enfundado la piel, se volvió más felina que cualquier leopardo en su vida. Arrugaba la nariz y bufaba, arqueaba el espinazo y arañaba. Se perseguían el uno al otro, entraban y salían de las habitaciones y corrían por los pasillos, y entonces Lou dijo:

—Haz como que soy un leopardo domado y tú mi domador y que vivimos en una cueva. —Y se metieron debajo de la cama de Lou y se acurrucaron.

Barney dijo:

—Oye, Lou, a propósito de esa fiesta del miércoles. Sé dónde está la casa, al otro lado del bosque. No tenemos ni que pedir permiso a la yaya, vamos y ya está...

*

Una o dos estrellas asomaron en el cielo azul añil y se divisaba la estela dorada del atardecer al oeste, sobre los bosques umbríos. Un mirlo ensayaba su nueva voz primaveral en un olmo. Había sido el primer día templado y seco de la primavera y el aire empezaba a cobrar vida con el calor de la tierra, los capullos se abrían y las criaturas salían despacio de sus lechos invernales. Un leopardo y un cazador de la edad de piedra sabían, al escaparse a hurtadillas por la puerta trasera, que no habrían podido permanecer mucho más tiempo encerrados en casa sin reventar.

El leopardo se puso a cuatro patas en cuanto llegó al césped, pero el cazador le dijo:

—¡Oh, venga Lou, llegaremos tarde si vas gateando todo el camino!

—Puedo ir igual de rápido así —dijo el leopardo, y se alejó dando saltos hacia la verja trasera. Cuando llegaron al prado, Flash, el poni, aguzó el oído, resopló y comenzó a dar vueltas de la inquietud y la excitación.

—¡No seas borrico, Flash! —exclamó el leopardo—. ¡Que soy yo!

—Yo pensaba que eras un leopardo —dijo Barney—. Y Flash también. ¡Cómo no va a asustarse!

Avanzaron por veredas y senderos tenebrosos. A ratos el leopardo adelantaba al cazador y le saltaba encima desde detrás de una mata; a ratos era el cazador quien le sacaba ventaja y luego aguardaba al leopardo.

Una de las veces en que Barney le tendió una emboscada escondiéndose detrás del tocón hueco de una haya, Lou llegó a hurtadillas por detrás y se abalanzó sobre él en lugar de haber ido por el sendero y ser ella la asaltada. Barney se enfadó.

—No es justo —se quejó—. Me tocaba a mí.

Pero Lou se limitó a reír gatunamente y, dando botes, volvió a ponerse a la cabeza. Barney se sentó un poco enfurruñado y la dejó marcharse. Le tocaba otro turno a él, pensó. Oyó como se alejaban los pasos de Lou por el camino y, luego, de pronto, el gruñido y el rugido característicos de cuando caía en la emboscada, pero esta vez sonó raro. A continuación oyó la voz de Lou.

—Barney, me tocaba a mí tenderte la emboscada. ¿Cómo me has adelantado tan rápido?

¡Pero si no la había adelantado! Se había quedado ahí quieto. ¿Con quién estaba hablando Lou y qué estaba sucediendo?

Se puso en pie y corrió por el sendero entre los oscuros matorrales. Vio a Lou a una buena distancia, en cuclillas y jadeando.

—Esta vez sí que me has asustado —dijo Lou—. No te esperaba. ¿Cómo has llegado tan rápido?

—¿Llegar a dónde? —preguntó Barney, asombrado.

—Detrás del roble. Sabía que eras tú, vale, pero no me lo esperaba —dijo Lou.

—Pero si yo no estaba detrás del roble. Estaba en el sendero, allí —dijo Barney.

—Oh, no seas tonto, Barney. Te he visto con mis propios ojos —dijo Lou, enojada—. Cómo no ibas a estar ahí.

—Pues no estaba. Te lo prometo —protestó Barney—. ¿Cómo podía haber llegado hasta aquí?

Lou permaneció callada un momento; luego dijo con otro tono:

—Será mejor que dejemos de jugar a este juego. Solo conseguiremos llegar tarde a la fiesta. Vayamos caminando de forma normal y ya está.

Se pusieron a caminar juntos. El bosque estaba realmente oscuro y, cuando cruzaron el abetal, el leopardo y el cazador se dieron cuenta de que iban cogidos de la mano.

—Sabes, he oído que hay quien tiene a veces la sensación de que le siguen —dijo de pronto Lou con una voz que pretendía ser clara y normal.

—¿Y qué? —preguntó Barney.

—No, nada —dijo Lou—. Supongo que ya no estamos lejos de casa de los Fawkham-Greene.

Pero a Barney se le pasó algo por las mientes. Lou había visto una cosa que se parecía a él detrás del roble. Y luego, esa sensación de que los seguían. Barney creyó intuir lo que estaba pasando, pero Lou no. Y se rió bajito para sus adentros.

—No entiendo qué es tan gracioso —le espetó Lou casi con lágrimas en los ojos, y dio una patada al suelo.

Por fin llegaron al camino que daba a la entrada de la casa de los Fawkham-Greene. Vieron automóviles aparcados fuera, grandes y pequeños, y luces que se filtraban a través de las ventanas y la puerta principal. Los ojos de Lou echaban chispas, pero Barney empezó a sentirse incómodo. Le gustaban las fiestas casi tanto como a Lou, una vez empezadas, pero le daba vergüenza ir hasta la enorme puerta y llamar al timbre. Mientras Lou subía los peldaños y golpeaba la aldaba, Barney apretó el hacha en la mano y se volvió para mirar el camino en penumbra. ¡Y sí! ¡Estaba casi seguro! Algo se había escurrido entre las ramas de un rododendro. Era lo que se había figurado. Alguien los acechaba a sus espaldas. ¡Era Stig!

La puerta principal se abrió y la señora Fawkham-Greene apareció con un aire algo despistado.

—Hola, entrad, entrad —dijo—. ¡Oh, son el puma y el cavernícola, qué detalle más bonito que hayáis venido, y qué disfraces tan realistas! —Olisqueó un poco el olor animal que entró con ellos, pero alguien gimió detrás de ella y tuvo que volver con la chiquillería de todas las edades que correteaba por el salón o permanecía muda en las esquinas.

—Cariño, ¿quién se esconde detrás de esta máscara? ¿El Llanero Solitario o el Zorro? Por favor, deja de pegar a la pastorcilla con la espada, ¿de acuerdo, cielo? Solo tiene tres años y no le gusta.

Lou contemplaba emocionada a los niños disfrazados. Había campesinas y damas de la Edad Media y vaqueros y reyes y reinas y vaqueros y un astronauta que ya parecía acalorado y más vaqueros e indios e indias, pero parecía ser la única que llevaba una piel de animal auténtica. Barney miraba las paredes del salón.

—¡Mira todas esas cosas en las paredes, Lou! —susurró—. Apenas quedaba un palmo que no estuviera cubierto de trofeos: cabezas de gacelas y antílopes y ñus, montones de lanzas y azagayas y escudos de piel, estantes con espadas y dagas y pistolas antiguas.

—Este lugar es alucinante —murmuró Barney—. Qué suerte haber venido, ¿verdad Lou?

La señora Fawkham-Greene dio unas palmadas fuertes.

—¡Atención, niños! —gritó—. Creo que ya estamos todos aquí, así que empezaremos a bailar «Sir Roger de Coverley». Supongo que todos la conocéis, ¿verdad? Como las chicas se la saben seguro, que ellas guíen a los chicos.

Casi todas las chicas se pusieron a parlotear encantadas, y se formaron en línea, listas para empezar el baile, pero muchos chicos, cabizbajos y empuñando distintas armas, no se movieron de su sitio. ¿Iba a ser esa clase de fiesta?

—¡Venga chicos, en fila! Todos los revólveres, hachas de guerra *tomahawk*, pistolas láser y hachas de piedra al arcón de roble, por favor —canturreó la señora Fawkham-Greene mientras se sentaba a un grandioso piano. Los niños, vergonzosos, se pusieron en fila, y dio comienzo la música; las chicas daban saltitos y brincos y los chicos daban traspiés y pisotones, y todos se alegraron cuando el baile tocó a su fin.

La señora Fawkham-Greene lo tenía todo muy bien organizado. Después del baile jugaron a las adivinanzas, a juegos de escenificación, a juegos en corro, y no bien terminaba de distribuir papelitos y lápices a los que sabían escribir, y de escoger a una de las niñas de más edad para que jugase al corro con las más chiquitinas cuando... ¡Se apagaron todas las luces!

—¡Los fusibles! —exclamó la señora Fawkham-Greene—. Uno de vosotros, los mayores, que siga con un juego, ¿queréis? No tardaré, espero. —Y se dirigió a la parte trasera de la casa.

Se oyeron muchos roces y crujidos de zapatos en la oscuridad, solo iluminada por las llamas parpadeantes de una gran chimenea. Cómo no, tenía que ser Lou quien tuvo una idea.

—Vamos a jugar a la caza del leopardo —propuso—. Dadme veinte segundos para que me vaya y tenéis que venir todos a cazarme y meterme en una jaula. ¿Vale?

Hubo gritos de aprobación, los chicos se pelearon por sus armas en la penumbra, algunos contaron hasta veinte, todo el mundo gritó «¡ya!» y, excepto unos pequeñines que se quedaron junto a la chimenea, todo el mundo se dispersó por las escaleras y los pasillos, dando alaridos y charlando y mandándose callar los unos a los otros.

Barney fue uno de los primeros en subir por las amplias escaleras hasta el oscuro rellano. La luz de la luna entraba por una ventana emplomada e iluminó una silueta allí de pie. Barney se disponía a decirle algo cuando comprendió que no era más que una antigua armadura. Pero alguien subía por las escaleras muy cerca detrás de él. Vio las plumas del jefe indio.

—¿Has visto al leopardo? —preguntó el indio.

—No —contestó Barney—. Vayamos por aquí.

Recorrieron el pasillo y al fondo había una sencilla escalera de madera que subía y bajaba.

—¡Vayamos arriba! —dijo el indio.

Subieron las escaleras haciendo crujir bastante las tablas de madera desnudas y, cuando llegaron arriba, estaban casi en lo alto de la casa. Esa parte de la mansión parecía abandonada. El indio intentó abrir la puerta de una estancia, y se abrió. No había más que cajas y baúles en el cuarto, y un ventanal por donde entraba la luz de la luna.

—Esa ventana de ahí da al tejado —dijo el indio—. Lo sé porque ya he estado.

—A lo mejor está en el tejado. El leopardo, quiero decir —dijo Barney.

—Puede —dijo el indio. —Forcejeó para abrir la ventana. Saltaron y fueron a dar a una cornisa con un antepecho. El tejado subía en pendiente a sus espaldas. Se inclinaron sobre el antepecho y contemplaron el césped, que se extendía ante ellos a la luz de la luna.

Y ahí, en medio del césped, había un animal agazapado. A Barney le dio un vuelco el corazón aunque sabía que solo se trataba de dar caza a su hermana.

—¡Mira! —dijo con voz entrecortada a su amigo el indio—. Ahí está el leopardo. ¡Ahí abajo!

—¡Recórcholis! —exclamó el indio—. ¡Pero si parece de verdad! ¡Vamos, bajemos, rápido!

Regresaron a la ventana, cruzaron a trompicones el trastero, bajaron ruidosamente por la escalera de madera y se dirigieron a las escaleras principales, gritando:

—Afuera todo el mundo, el leopardo está en el jardín. ¡Todo el mundo fuera!

Los cazadores, que habían estado rebuscando debajo de las camas y dentro de los armarios y los roperos, fueron también hacia las escaleras, y salieron en tropel al jardín iluminado por la luna, dejando abierta la puerta principal de la casa.

—¡En los arbustos! —gritó Barney—. ¡El leopardo está en los arbustos! ¡Vamos a hacer que salga! —Piratas, vaqueros y pastorcillas se agolparon en los arbustos, voceando y atropellándose, y por el rabillo del ojo Barney vio que, de entre la maleza, salía algo a la sombra de la casa.— ¡Allí va! —gritó, y salió corriendo detrás de él por el sendero de gravilla y luego rodeando los invernaderos y los cobertizos. Entonces oyó unos pasos acelerados detrás de él: el indio y otros cazadores también seguían la pista.

Ante él se alzaban dos grandes puertas de madera, abiertas, que daban acceso al patio empedrado de un establo rodeado de otros edificios.

—¡Allí! —dijo, jadeante—. Lo he visto salir. —Cruzó corriendo el umbral y al menos otra media docena de niños entraron en tropel con él.

—¡Rápido! ¡Cerrad las puertas! ¡No lo dejéis salir! —oyó que decía el indio, y las pesadas puertas de madera se cerraron de golpe a sus espaldas, pero Barney permaneció pegado al suelo, incapaz de moverse.

Los otros niños que estaban detrás de él de pronto se paralizaron y enmudecieron también. El chico disfrazado de indio susurró, tembloroso:

—Hay... ¡hay dos leopardos!

La luna brillaba con claridad sobre los tejados de los edificios y el empedrado del patio. Y, a la clara luz de la luna, como dos siluetas en un escenario, dos formas animales se agazaparon frente a frente. Ambas tenían la piel dorada con motas negras y largas colas, pero cuando una de las bestias agazapadas volvió la cabeza para fulminar con la mirada a los cazadores, sus ojos verdes relampaguearon llenos de vida a la luz de la luna. Y bajo la máscara de la otra bestia, Barney reconoció el blanco rostro de su hermana.

Barney no sabría decir cuánto tiempo permanecieron así: Barney apretando el hacha de piedra, pero con la sensación de haberse vuelto de piedra también él; Lou ahí agazapada, deseando desesperadamente que todo su cuerpo se transformara en un animal salvaje de verdad para afrontar el terrible peligro; y el auténtico leopardo —porque no podía ser otra cosa— asustado por todo el jaleo, desconcertado ante ese extraño ser, mitad animal, mitad humano, que tenía delante, acorralado y furioso. Era como una pesadilla de juego, cuyo siguiente movimiento ignoraban todos.

Y entonces Barney oyó que el indio detrás de él susurraba con voz ronca:

—¡Dos cavernícolas!

De entre las sombras, en el extremo opuesto del patio, asomó una figura que bien podía ser su propio reflejo: pelo greñudo, pieles de conejo y extremidades desprotegidas, pero este cavernícola llevaba una larga lanza con una hoja resplandeciente, y apuntaba al auténtico leopardo. Y, de improviso, los músculos de Barney se distendieron y susurró: «¡Stig!»

El leopardo desvió los ojos, lanzó una mirada a Barney, miró de nuevo a la inmóvil Lou y luego a Stig, que avanzaba hacia él, y soltó un rugido grave. Se le crispó la cola y se puso a escarbar con las patas, igual que un gato cuando se dispone a embestir de un salto. Stig se agazapó también, sin dejar de apuntar con la lanza. Y Barney vio, en las sombras detrás de Stig, la puerta abierta del establo vacío.

El leopardo había decidido quién era su enemigo más temible y no apartaba los ojos de Stig. Barney se acercó con sigilo por detrás. Casi tenía al alcance de su hacha la cola crispada del animal.

El leopardo dejó de mover las patas. Su cola se paró un instante. Se le tensaron los músculos. Dio un salto, pero mientras lo daba, Barney abatió el hacha contra la punta de su cola, Lou cobró vida con un repentino rugido, Stig se hizo a un lado y el leopardo, asustado y perplejo, saltó el doble de alto y el doble de rápido de lo que había pretendido en un principio y desapareció por la oscura entrada del establo. Barney salió corriendo, cerró de un portazo la mitad baja de la puerta y luego la otra mitad alta, y dijo jadeando:

—¡Deprisa, deprisa, deprisa, que alguien eche el cerrojo! —Lou y el indio forcejearon con los cerrojos y al final todos se dejaron caer en el empedrado, completamente extenuados.

Los otros niños habían abierto las puertas del patio y el resto de la fiesta entró en tropel, entre parloteos y preguntas.

—¿Dónde está el leopardo?

—¿Habéis atrapado al leopardo?

—¿Ya se ha acabado el juego?

—¿Qué queréis decir con que era un leopardo de verdad?

—Juguemos otra vez a la caza del leopardo. Ha sido súper divertido.

—¿Por qué no podemos jugar otra vez a la caza del leopardo?

—¿Qué quieres decir con que el leopardo está en el establo? ¡El leopardo está ahí!

—¿Dos leopardos? Pero no es justo, nadie nos ha dicho que había dos leopardos.

—¿Por qué no podemos ver al otro leopardo en el establo? Vamos a soltarlo y jugamos otra vez.

Y el muchacho con el disfraz del Zorro ya estaba forcejeando con los cerrojos para intentar abrir la puerta del establo. Stig, que estaba allí de pie, le dio golpecitos en los nudillos con el mango de su lanza.

—¡Ya vale, cavernícola! —dijo el Zorro, enojado—. Puedo abrir la puerta si me da la gana. ¡No es asunto tuyo! —Pero Stig volteó su lanza y lo amenazó con la punta, y el Zorro retrocedió, diciendo:— ¡No hace falta ponerse así!

Entonces, en ese momento, la luz volvió a resplandecer en todas las ventanas de la gran casa, y se oyó la voz de la señora Fawkham-Greene llamando a los niños:

—¡Niños, niños, venid todos ahora mismo! ¡Todo el mundo dentro, cuanto antes! —Su voz sonaba asustada.

Cuando todos los niños llegaron en tropel a la entrada principal, vieron un enorme camión aparcado y a unos hombres muy raros alrededor del vehículo, ¡y algunos llevaban rifles! La señora Fawkham-Greene daba palmadas en los escalones.

—¡Deprisa, depriiisa! —gritaba—. ¡Salir de la casa, mira que sois malos! Uno, dos, tres, cuatro, cinco... ¡Id al salón y no os mováis hasta que os cuente a todos! —Los niños permanecieron con los ojos como platos en el salón mientras la señora Fawkham-Greene cerraba de un portazo la puerta a sus espaldas, se apoyaba contra ella palideciendo, contaba a los invitados y luego volvía a contarlos, y murmuraba para sí:

—Ay, Señor, ¿cuántos tiene que haber? El pequeño Jonathan no podía venir por culpa del sarampión, y luego está Betty Strickwell, que no ha contestado...

Los niños empezaron a participar para ayudarla:

—¿Dónde está el otro cavernícola?

—Sí, en teoría hay dos cavernícolas, yo los he visto.

—Y hay dos...

—Niños, niños, calmaos, solo conseguís que me arme un lío —protestó la señora Fawkham-Greene. Luego se volvió hacia un desconocido que esperaba en la puerta—: Creo que están todos aquí, señor Er —dijo—. ¿Tendría la amabilidad de explicar la situación a los niños?

—Perdón por arruinar vuestra fiesta, niños —dijo el hombre—. Soy del circo «El Mamut» y me temo que uno de nuestros animales se ha escapado de la jaula y debe de estar merodeando por aquí. Pero no os preocupéis, lo atraparemos pronto.

Hubo gritos ahogados y susurros entre los niños. Entonces habló Lou.

—Es un leopardo, ¿verdad? —preguntó.

El hombre miró a Lou.

—Sí, pequeña —sonrió—. Como tú, pero un poco más feroz.

Y Barney dio un paso adelante.

—Está todo solucionado, señor —dijo—. Lo hemos metido en los establos, yo y Stig y Lou. Le ayudaré a sacarlo, si quiere.

8. Noche de San Juan

Barney estaba despierto en la cama. Hacía calor, y sacaba los pies por el borde para tenerlos fresquitos. En algún punto del dormitorio zumbaba un mosquito y del exterior llegaba el traqueteo de un tractor faenando hasta tarde y el ladrido de los perros en el pueblo. Aunque las cortinas estuvieran echadas, Barney sabía que fuera seguía siendo de día. Seguiría siendo de día durante horas, pero tenía que acostarse porque solo tenía ocho años. Aun así, él no se habría ido a dormir. No podía con tanto calor y bochorno.

Barney le había preguntado a su abuela por qué no podía quedarse levantado hasta que oscureciera y ella le había explicado que hoy era el día más largo y la noche más corta del año, y que no oscurecería hasta después de las diez, demasiado tarde para que un chico de ocho años siguiera despierto. Vale, pensó, pues si era la noche más corta no dormiría nada. Comprobaría qué pasaba si no se dormía.

Barney se acordó de Stig. Me apuesto cualquier cosa a que él no se va a dormir cuando es de día, pensó. Y tiene... ¿cuántos años? ¿Cuántos años tenía Stig? ¿Unos ocho? ¿Ochenta? ¿Ochocientos? ¿Ocho mil?

Pensar en números le dio sueño y, antes de darse cuenta, se quedó dormido.

Fue su abuela, al asomarse al cuarto, quien volvió a despertarle. Solo había abierto un poco la puerta del dormitorio para comprobar que todo estaba en calma, pero después Barney ya se sintió totalmente despejado. ¡Porras! Así que se había dormido. Pero no volvería a pasarle. Permanecería despierto a partir de ahora.

Salió de la cama y miró por la ventana. Al principio pensó que seguía siendo de día, pero no, la luz venía de una luna redonda y blanca al sur. Y al norte aún se percibía una luz azulada, como si el sol se hubiese ocultado a la vista detrás de unos olmos, pero no muy lejos.

No pensaba volver a la cama. Saldría fuera, a la luz de la luna. ¡Iría a ver a Stig! El corazón le palpitó con fuerza ante esa idea. Como seguía haciendo mucho calor, se enfundó un par de pantaloncitos y nada más, salió a hurtadillas del dormitorio y bajó las escaleras que crujían bajo sus pies. Tiró de los duros pestillos de la entrada principal, intentando no hacer ruido, pero Dinah, el spaniel inglés, que dormía abajo, debió de oírle, porque emitió un ladrido inquisitivo.

—Calla, Dinah —susurró Barney, molesto—. Soy yo. Si no te callas, lo echarás todo a perder.

Por fin consiguió descorrer los duros pestillos y el cerrojo, y la puerta se abrió. Salió primero a la sombra de la casa, y luego a la luz de la luna. Todo estaba en una calma absoluta. De súbito dio un respingo al oír que alguien pronunciaba su nombre.

—¡Barney!

Era Lou, mirando al jardín desde la ventana.

—Barney, ¿qué estás haciendo? —silbó Lou.

—Dar un paseo. No es asunto tuyo —respondió Barney tranquilamente.

—¡Pero si estamos en plena noche!

—Lo sé. No me importa. Hay luz como si fuera de día.

—Caramba, es verdad —dijo Lou—. Pero ¿adónde vas, Barney?

—No te lo voy a decir.

—Oh, por favor, Barney. ¡No te vayas todavía! ¿Puedo ir contigo? —rogó Lou.

Barney miró las tenebrosas sombras bajo los frutales y se preguntó si estaría muy oscuro en la cantera. Quizás fuese mejor ir dos en vez de uno.

—Vale. Puedes ser mi guardaespaldas. ¡Pero date prisa!

—¡Oh, gracias, Barney! —La cabeza de Lou se esfumó de la ventana y enseguida Barney oyó el clic de la puerta de su cuarto y el crujido de las escaleras. Cuando apareció por el umbral de la casa, llevaba a Dinah con ella.

—Se me ha ocurrido traer a Dinah también —dijo—. De guardaespaldas extra. ¿Adónde vamos, Barney?

—Vamos a ver a Stig.

Lou profirió un grito ahogado.

—¿De verdad de la buena, Barney?

—Pues claro. Puedes venir conmigo a la cantera. Pero tendré que preguntarle si quiere verte.

—Vale, Barney —dijo Lou, con los ojos abiertos como platos.

Atravesaron juntos el jardín iluminado por la luna.

—Las rosas rojas parecen negras a la luz de la luna —dijo Lou.

—¿En serio? —dijo Barney—. Pues yo veo igual de bien con esta luz que de día. ¡Vamos!

Cruzaron la puerta que daba al prado. Flash, el viejo poni, estaba despierto y rumiaba la hierba húmeda. Sacudió la cabeza y resopló sorprendido al verlos, pero luego volvió a lo suyo. Cruzaron el prado, mientras Dinah corría en círculos buscando un rastro de conejos, y llegaron al lindero del soto. Pese a la poderosa luz lunar y al ligero resplandor al norte, estaba muy oscuro bajo los árboles. Guardaron silencio.

—¡Chitón! —dijo Barney.

—¿Qué pasa? —susurró Lou.

—¿No está muy silencioso? —susurró Barney.

Estaba tan silencioso que podían oír las campanadas del reloj de una iglesia a lo lejos. Una, dos, tres, cuatro, cinco, seis, siete, ocho, nueve, diez, once, doce.

—¡Medianoche! —musitó Lou.

Caminaron juntos hasta las lindes del bosque umbrío. Luego se pararon.

¡Qué distintas se veían las cosas a la luz de la luna! Les parecía que estaban en el límite de una frondosa selva, salpicada de claros tenebrosos, en lugar del bosquecillo ralo que conocían. Incluso Dinah, que solía aprovechar cualquier excusa para zambullirse entre matorrales a perseguir conejos, parecía dudar. Entonces la perra husmeó algo, se le erizaron los pelos de la nuca y ladró. Barney notó que la pelusa del cuello se le erizaba también. Luego dio un respingo cuando el poni se acercó brincando y bufó detrás de él, y se quedó mirando con las orejas en punta en la misma dirección que Dinah.

Dinah volvió a ladrar. Entonces, delante de ellos, un animal grande saltó a un claro de luz y se detuvo un momento.

—¡Es un ciervo! —exclamó Lou con asombro.

—Lo sé —susurró Barney.

—¡Pero si aquí no hay ciervos! —exclamó Lou.

Dinah fue la primera en recuperarse del susto, precipitándose hacia el claro, pero el ciervo desapareció en el bosque de un salto, con Dinah detrás en su persecución. El poni bufó y resopló detrás de ellos y se paró con las narinas vibrando.

Fue entonces cuando a los niños les arrebató una locura pasajera. Sin mediar palabra, Lou agarró al poni de las crines, Barney aupó a su hermana a lomos del poni, Lou sentó al frente a Barney y, antes de que pudieran pararse a pensar, habían saltado la valla y galopaban... ¡directamente hacia el borde de la cantera!

La cantera seguía allí. El poni se tambaleó en el borde; luego, de un salto y con un frenesí que mantuvo a los niños demasiado ocupados en sujetarse al animal con los brazos y las piernas como para pensar qué estaba pasando, ¡Flash había pasado al otro lado! ¿Qué había sucedido? En lugar de la enorme cantera, solo se veía una simple grieta en el suelo. Y a partir de entonces nada les resultó familiar. Esperaban llegar en cualquier momento al trigal de más allá del soto, pero los matorrales y los claros se extendían sin fin. Ya llegaban a la ladera que debía de conducir al camino, y Flash aminoró el paso, pero a lo lejos oyeron los ladridos enloquecidos de Dinah y un revuelo entre la maleza, y no fue necesario exhortar al poni a que persiguiera a la presa. Pero siguieron sin ver puntos de referencia: ni campos abiertos, ni setos, ni huertos, ni granjas; solo avellanos, hayales y la ladera de caliza. Sin riendas que lo guiaran o lo frenaran, el poni avanzaba como el viento, con la cabeza bien alta, y Barney y Lou no podían hacer otra cosa que agarrarse bien y contemplar el extraño paisaje con los ojos como platos.

—¡Barney! —dijo Lou jadeando y pegándose a su hermano como nunca antes en su vida—. Estamos soñando todo esto, seguro.

—Tú puede. Yo no —gritó Barney al viento, y enroscó aún más los dedos en la crin del poni.

Galopaban por un pequeño valle entre zarzales y altos arbustos. No se oía ni un solo ladrido de Dinah. De improviso, vieron al perro a la luz de la luna, tumbado en la hierba frente a ellos. El poni aflojó el paso y viró bruscamente, los niños cayeron, en una maraña de brazos y piernas, sobre la suave hierba que olía a tomillo silvestre, y el poni se alejó despreocupado para recuperar el aliento. Del ciervo, ni rastro.

Barney y Lou se separaron. Lou intentó incorporarse, pero tenía las piernas muy torpes tras el prolongado esfuerzo por aferrarse al poni, por lo que volvió a sentarse.

—Bueno, Dinah —le dijo al perro—. ¿Dónde está el ciervo, eh? No has podido atraparlo, imagino. No importa, no eres una cazadora de ciervos, ¿a que no? ¿Eh, Dinah?

Luego se volvió hacia Barney.

—Barney, si no estamos soñando todo esto, ¿dónde estamos?

—No lo sé —respondió Barney—. Avancemos un poco más y a lo mejor lo descubrimos.

Había una hilera de hayas en lo alto del valle, y Barney presintió que debía de haber algo al otro lado. Escaló por la ladera, caminó entre los oscuros troncos y detrás de ellos no había... ¡nada!

Era como estar volando. La suave hierba descendía vertiginosamente a sus pies, y a lo lejos el terreno se desplegaba como un mapa.

—Lou —gritó—. ¡Mira dónde estamos!

Comprendieron que estaban en el límite de North Downs, un paraje que conocían bastante bien, y que la luna lo iluminaba con tanta claridad como si fuera de día. Y, sin embargo, cuanto más lo miraban, más distinto lo veían. Debería haber torres con cables eléctricos diseminadas por la tierra. Debería haber parcelas de huerta, cultivos de lúpulo, pueblos e iglesias. Debería haber fábricas de cemento a lo lejos, junto al río... ¿Y dónde estaba el espigado repetidor de televisión en lo alto? No se veía nada aparte de bosque y brezos en el valle, y de la noche les llegaban extraños sonidos de animales. Y en toda aquella extensión de tierra vacía había solo dos —no, tres— puntos de luz titilante, indicando que había vida en algún sitio.

La luz más próxima no quedaba lejos, en la ladera de una colina, y de pronto les llegaban voces humanas desde allí.

—Es una fogata —dijo Barney—. Venga, vamos a echar un vistazo.

—Pero podrían ser salvajes o algo —dijo Lou, dudosa.

—No hay salvajes en Inglaterra.

—No hay ciervos en esta parte de Inglaterra, pero acabamos de ver uno. Y esto no se parece en nada a Inglaterra.

—Bueno, algún sitio será —dijo Barney—. Vamos a preguntárselo a ellos.

—Creo que deberíamos ser precavidos —dijo Lou—. Vayamos agachados a mirar desde los árboles.

Volvieron a la penumbra de los hayales y, con el mayor sigilo posible, se abrieron paso entre la crujiente hojarasca y las cascarillas del año anterior.

—¡No te despegues de mis talones, Dinah! —susurró Lou—. Barney, ojalá tuviésemos una correa. Dinah a lo mejor nos delata.

—Llevo algo de cuerda en el bolsillo, creo —dijo Barney. Revolvió en los bolsillos y sacó un pedazo enrollado de gruesa hebra que había arrancado de una planta de habichuela. Lo ataron al collar de Dinah y avanzaron a hurtadillas. Pronto los sonidos de la fogata se oyeron muy cerca y pudieron ver sus rojas llamas parpadeando entre los negros troncos de las hayas.

—Parece que están celebrando una fiesta —dijo Lou—. ¡Escucha! ¡Música!

—Eso no es música —dijo Barney.

—Bueno, es jazz o algo así.

Mientras se acercaban a la luz de la hoguera, sin salir de la penumbra, los ruidos eran tan fuertes que no tuvieron que preocuparse por guardar silencio. Llegaron a la última haya del bosque, una gigante, con gruesas raíces enrolladas al suelo calcáreo y amplias ramas que se alargaban hacia la ladera donde estaba el campamento.

—¿Qué estás haciendo, Barney? —siseó Lou, cuando Barney empezó a trepar a una de las largas ramas.

—Voy a trepar a este árbol para poder ver.

—Pues yo también.

—¿Y Dinah qué? No puedes subirla.

—La ataré aquí —dijo Lou—. ¡Túmbate, Dinah! ¡No te muevas! ¡Eso es, buena chica!

Treparon de rama en rama a la enorme haya hasta llegar a una más gruesa que daba directamente sobre la fogata. Barney se sentó a horcajadas en la rama y avanzó despacio hasta una horqueta que despuntaba sobre los arbustos y zarzales que se extendían sin orden ni concierto por el lindero del bosque.

Tenían una visión perfecta del campamento, si es que era un campamento. Había unas cabañas hechas con palos plantados en el suelo y atados juntos en lo alto, y tejados de paja y juncos. En un espacio al aire libre había un buen puñado de gente reunida alrededor del fuego. Ninguno de ellos parecía llevar mucha más ropa encima que Lou y Barney. Al parecer, todos tenían mucho pelo negro y desgreñado, salvo unas pocas cabezas grises y blancas. Los más viejos estaban sentados, tumbados o en cuclillas, los más pequeños retozaban o dormían en el polvo, los chicos y las chicas se perseguían en círculos alrededor de la multitud o se divertían provocando a perros de mirada feroz.

El ruido que sonaba a música venía sobre todo de un grupo que estaba en medio de la multitud, próximo al fuego. El grupo se componía de cuatro figuras. Una llevaba en la mano media mandíbula de un animal grande, cuyos dientes rascaba arriba y abajo con otro hueso más largo, produciendo un ritmo chirriante. Otra tenía un leño hueco que golpeaba con dos palos de madera. La tercera era el cantante. No parecía tener mucha idea de entonar y los niños no podían entender las palabras, pero era bastante evidente de qué trataba la canción. En un momento dado el cantante era un ciervo que pacía tranquilamente y luego miraba ansioso en derredor. Luego era un cazador que acechaba a su presa lanza en mano. Luego era el ciervo que huía, el cazador que lanzaba la lanza, el ciervo que caía y el cazador que cargaba con él de vuelta al campamento. La multitud se emocionó tanto como el cazador, y se unieron a la música con palmadas y alaridos.

Pero entonces hubo otro sonido que los oyentes no identificaron bien, una especie de blung, blang, blong, blung, no siempre sobre una nota, como el resto de la canción, y sin tener realmente en cuenta el ritmo del leño-tambor y la mandíbula. Era como si alguien que nunca hubiese oído una melodía intentase tocar por primera vez con una cajita de madera de esas del té, una cuerda y un palo de escoba.

Entonces el que rascaba la mandíbula, llevado por la emoción, se unió al cantante en una danza en la que arrastraban los pies, y los niños vieron al cuarto miembro de la banda. En el suelo yacía el esqueleto de un animal grande de enormes cuernos enroscados. Atado entre los cuernos había tres o cuatro tramos de cordel o cuerda de tripa, y una pequeña y oscura figura, agachada sobre la sencilla arpa, pulsaba ensimismada las cuerdas: blang, blong, blung, blang.

De hecho, la canción tocó a su fin, el percusionista dio el último golpetazo al leño y el tañedor de huesos acometió el repique final, pero el pequeño arpista siguió tocando las tres notas como si fuera el único músico en el mundo. Algunos miembros del grupo empezaron a reírse de él y a abuchearle mientras seguía tocando, pero solo cuando le lanzaron un hueso, que le dio en la cabeza con un ¡clanc! que los niños percibieron perfectamente desde el árbol, el músico alzó los ojos, sorprendido al comprobar que no estaba solo.

Barney por poco se cae de la rama.

—¡Es Stig! —dijo casi gritando.

—¡Chitón, Barney! —susurró Lou—. ¡Nos vas a delatar!

—¡Pero si es Stig! —dijo Barney, emocionado—. Te dije que era muy listo. Seguro que se ha inventado la cosa esa con la que estaba tocando. ¿Dónde va ahora? —Porque la pequeña figura que Barney decía que era Stig se alejaba malhumorada hacia el bosque.

—Viene hacia aquí —susurró Lou—. ¡Barney, no nos delates!

—¿Por qué no? Es mi amigo.

—¿Y qué hay de todos los demás? ¿Quiénes son? Nunca me has hablado de ellos.

—No sé quiénes son. Nunca los había visto.

—Bueno, mejor que seamos cautos, Barney.

—¡Oh, vale, vale!

Pero fue Dinah, que seguía atada al pie del árbol, quien los delató. Se había estado quietecita hasta entonces, pero al oír los pasos de Stig, se puso a gruñir y a emitir ladridos cortos y agudos. Cuando llegó a los arbustos, Stig se quedó paralizado. Dinah seguía ladrando, y algunos de los pequeños salvajes que jugaban cerca del bosque la oyeron también. Los más audaces corrieron hacia la linde del bosque, los más pequeños corrieron hacia sus padres, junto a la fogata. Al cabo, varios mayores alarmados se encaminaron hacia los bosques y los ladridos de Dinah, lanzas y porras en mano.

Lou y Barney se aferraron a la rama como ardillas, sin atreverse a mover ni un pelo. Podían divisar a aquellas extrañas gentes en la linde del bosque que, intrigadas por el ladrido poco común de un spaniel, se armaron finalmente de valor para penetrar en la oscuridad de los matorrales y del bosque de hayas, con sus armas preparadas.

Los ladridos de Dinah se desenfrenaban a medida que se oía por doquier el roce de los cuerpos entre los arbustos y los crujidos y los chasquidos de las pisadas. Al amparo del ruido, Barney susurró:

—Lou, tenemos que huir.

—¿Cómo? —preguntó Lou en voz baja.

—¡Mira adónde llega esta rama! —Barney la señaló a la luz de la luna. La gruesa rama en la que estaban daba al vacío, pero una de sus ramitas se cruzaba con otra más gruesa, y ésta se extendía hasta rozar otra haya enorme. Si trepaban hasta ese otro árbol, Barney creía que podrían escapar.

—Podemos ir por aquí —susurró—. Venga, mientras arman todo ese jaleo.

El rostro de Lou pareció empalidecer.

—¡Oh, Barney, es imposible! ¡Y de todos modos descubrirán a Dinah!

—Voy a intentarlo. Luego igual podremos rescatar a Dinah.

Barney reculó por la rama en la que estaban sentados hasta alcanzar la otra que crecía transversalmente. Cuando llegó a ella, no supo qué hacer. Como era demasiado fina para sentarse encima a horcajadas, decidió colgarse de piernas y brazos panza arriba como un oso perezoso. Así, boca abajo, gateó suspendido entre las dos ramas gruesas. Al inclinar la cabeza hacia abajo tenía una visión invertida del suelo del bosque, iluminado a retazos por la luna, y justo debajo de él vio a un cazador salvaje; la punta de su lanza apuntaba al cielo, pero él miraba al suelo. Barney permaneció colgado sin moverse hasta que el hombre pasó de largo; luego se movió con la mayor rapidez y sigilo posibles hasta donde la rama se cruzaba con la otra rama gruesa por arriba. Una vez ahí, volvió a enderezarse y a colocarse encima de la rama. El corazón le latía con fuerza y las piernas le temblaban, pero al menos así estaba a salvo durante un rato.

Ahora tenía que llegar hasta donde los dos árboles se daban la mano bien alto. Se puso en marcha. A medida que avanzaba, las ramas se hacían más pequeñas y se mecían más. Por fin llegó donde los árboles se encontraban. Justo donde las ramas se cruzaban había una gran marca seca y nada de lo que Barney pudiese hacer detendría un fuerte crujido procedente de esa marca cada vez que se movía.

«Tengo que pasar al otro árbol», pensó. Tan rápido como se atrevió, se puso boca abajo para pasar a la nueva rama y dejar aquella en la que estaba subido y... ¡crac!

¡Era una rama muerta!

Barney cayó al vacío, se golpeó contra una rama inferior frondosa y plana, resbaló de ésta a otra más baja y, finalmente, aterrizó en el tierno suelo del bosque.

9. Los menhires

Durante un momento la cabeza de Barney rebobinó hasta la tarde en la que se había caído a la cantera y había conocido a Stig. Entonces abrió los ojos y vio, no la cara del barranco con la luz del día en lo alto, sino un dibujo de ramas de hayas a través del cual lo miraba la luna llena. Luego oyó un crujido y vio a Lou, que bajaba del árbol a su encuentro. Lou se tiró de la última rama más baja y corrió hasta donde yacía su hermano.

—¡Barney! —decía—. ¿Estás bien, Barney?

Barney se sentó.

—Claro que estoy bien —respondió—. Con algún arañazo, eso es todo. ¿Por qué no te has quedado ahí arriba si no querías que te pillaran?

—Pensé que te habías hecho daño; si no, me habría quedado —dijo Lou, mirando temerosa a su alrededor. Unas siluetas se movían hacia ellos entre las sombras del bosque. Una de ellas, con la cabeza despeinada, taparrabos y lanza con punta de sílex, asomó en el claro iluminado por la luna. Lou se apartó enseguida, pero Barney supo quién era.

—¡Hola, Stig! —saludó—. ¿Qué haces aquí?

Los dientes de Stig centellearon a la luz de la luna, y entonces Stig miró con curiosidad a Lou.

—Oh, ésta es mi hermana, Stig —dijo Barney.

—¿Éste es Stig de verdad? —susurró Lou.

—Pues claro —respondió Barney—. Mi amigo Stig.

—Oh —exclamó Lou—. Eeeh... buenas noches, señor Stig. —Stig se limitó a sonreír de forma amistosa y no dijo nada.— ¿No habla nuestro idioma? —susurró Lou.

—No —contestó Barney.

—¿Entonces qué habla? ¿Latín o francés?

—No lo sé —dijo Barney—. Prueba a ver.

Lou no parecía capaz de recordar nada apropiado que decirle a un salvaje con lanza en pleno bosque a la luz de la luna, así que no dijo nada. Entretanto, otras siluetas habían salido de las sombras y los rodeaban en círculo, observándolos. Stig articuló unos sonidos extraños y bajaron las armas. Luego estalló una discusión, con muchos aspavientos hacia el campamento y dedos señalando a Barney y a Lou. Finalmente, Stig les sonrió, les tendió las dos manos e hizo movimientos de reverencia.

—Creo que nos invitan a la fiesta —dijo Barney.

Salieron del bosque, en medio de un silencio solo roto por un ladrido y un gemido, y ahí, en la oscuridad, estaba Dinah, saltando en círculos sobre la punta de su correa. Lou corrió hacia ella.

—Pobre Dinah —dijo—. ¿Te hemos dejado sola en la oscuridad? Tranquila, Dinah, solo son Stig, el amigo de Barney, y otros amables caballeros.

Dinah no parecía nada segura de que los demás fuesen amables caballeros, y siguió gruñendo, hasta que llegó Stig y le dijo algo, y la perra le lamió la mano.

—¡Tiene gracia! —murmuró Lou—. Es como si Dinah conociese a Stig.

—Bueno, ¿y por qué no? Seguramente se lo encuentra cuando va a perseguir conejos —dijo Barney—. En los viejos tiempos, ¿sabes? Quiero decir, cuando las cosas eran normales.

Caminaban por un sendero forestal, tan estrecho que debían ir en fila india y sin hablar, pero enseguida salieron de la linde del bosque y llegaron a la cima desnuda del cerro, y entonces las mujeres y los niños mayores que no se habían atrevido a adentrarse en el bosque umbrío corrieron a ver quiénes eran.

—No creo que hayan visto jamás nada parecido a nosotros —susurró Lou.

Barney observó a Lou a la brillante luz de la luna.

—Bueno, no sé —dijo—. Tú no puedes verte, Lou, pero no tienes una pinta muy distinta de la suya, aparte de por el pelo rubio.

Lou se tocó el pelo enmarañado y se miró los pantaloncitos desgarrados; luego miró a Barney, con las piernas llenas de arañazos verdes por las ramas de los árboles.

—Tú tampoco tienes una pinta muy distinta —dijo.

Caminaban por la suave hierba hacia el grupo de cabañas. Los miembros de la tribu los escoltaban armados a cada lado, y les resultaba difícil adivinar si eran prisioneros o invitados. Al llegar junto a las cabañas, Lou dijo:

—Pensé que los Stigs eran cavernícolas.

—Y lo son. Por lo menos mi amigo Stig sí que lo es —dijo Barney.

—Entonces, ¿para qué tienen cabañas? —preguntó Lou.

Barney pensó un momento mientras pasaban por delante

de las cabañas. No eran gran cosa aparte de unos refugios con unas cuantas ramas atadas entre sí sobre el techo de paja cubierto de hojas y helechos.

—Puede que sean cavernícolas de vacaciones —dijo.

En efecto, se notaba un ambiente de vacaciones entre los miembros de la tribu. Sentados en torno a unas fogatas, que despedían aromas a carne asada, los hombres permanecían juntos en grupos y las mujeres vigilaban la carne en los espetones o acunaban a bebés soñolientos. Barney miró a un grupo de chicos que rodaban y luchaban por el suelo, y susurró:

—¿Crees que nos dejarán jugar con ellos?

—Mejor que no —contestó Lou también entre susurros—. Primero tendremos que decir hola-cómo-está a quienquiera que haya organizado la fiesta. —Lou intentó arreglarse el pelo con los dedos, pero Barney, después de quitarse unas cuantas hojas y ramitas, decidió que no valía la pena.

Entraron en el círculo de la fogata, y los allí presentes, que hasta entonces habían estado charlando a sus anchas, enmudecieron. Todos los ojos se habían posado sobre ellos. Caminaron en silencio alrededor del círculo hasta el extremo opuesto. Barney oyó un susurro de Lou apenas perceptible: «¿Te acuerdas de cuando éramos dama y paje de honor en la boda?» Sí que se acordaba, y la sensación era prácticamente la misma que cuando tuvieron que entrar en la iglesia con la novia, pero esta vez ellos eran las personas más importantes de la procesión.

Al otro lado del círculo había un grupo de ancianos y, en medio, un sujeto sentado en un tronco. Al acercarse, vieron que tenía el pelo blanco y unos ojos negros muy brillantes, y que llevaba puesta una piel muy sedosa, con collares y brazaletes hechos con dientes de animales. No fue necesario que nadie les dijese que era el jefe de la tribu. Barney notó que los ojos negros lo atravesaban con la mirada; y entonces, de improviso, el resto de asistentes a la fiesta se tumbó en el suelo.

—Lou, ¿qué pasa? —susurró en voz baja—. ¡Se han caído todos al suelo!

Entonces vio que Lou intentaba hacer una reverencia, aunque tenía una pinta un poco ridícula con las piernas desnudas y los pantaloncitos desgarrados, y Barney pensó que sería de buena educación inclinarse. El jefe, o el rey, o quienquiera que fuese, pareció satisfecho con su ademán-de-tocarse-los-pies y con las contorsiones de Lou, y en su rostro se dibujó una sonrisa. Sonreía tanto que Barney pensó que iba a echarse a reír.

Pero entonces el jefe volvió a ponerse serio y le espetó una pregunta a Stig, que había vuelto a levantarse. Evidentemente, significaba: «¿Qué diablos me has traído aquí?»

Y Stig empezó a hablar. Barney no cabía en sí de estupor. Pensó en todo el tiempo que había pasado con Stig —cuando apenas se habían dirigido la palabra el uno al otro, aunque se habían entendido de sobra—, y mira por donde, ahí estaba soltando un discurso como si estuviera en la radio. Sonaba de maravilla, pero no entendió ni una palabra.

—¿Qué está diciendo? —susurró Lou.

—Está diciendo cómo hemos llegado hasta aquí —explicó Barney.

—Vale, ¿y cómo hemos llegado? —volvió a susurrar Lou.

—Ya lo sabes —dijo Barney.

—No tengo ni la más remota idea —dijo Lou, bastante enojada—. Por eso quiero saber qué está diciendo.

«Eso sería interesante», pensó Barney, mientras el discurso seguía y seguía. En un punto, Stig levantó la lanza ha estrella polar, en otro momento se golpeó el pecho y dio palmaditas a Barney en la espalda.

—Está diciendo que soy su amigo —dijo Barney.

—Un primor es lo que tú eres —dijo Lou entre dientes. Barney se sintió orgulloso.

Stig calló. Se produjo un silencio mientras el jefe parecía meditar un momento. Luego se puso en pie. Habló con voz profunda y majestuosa, volviendo la cabeza primero hacia Lou y Barney, luego hacia un lado de la tribu congregada y, por último, hacia el otro. Alzó los brazos hacia las estrellas, saludó a la luna, se apoyó ambas manos en el corazón y luego pareció bendecir a los niños y al resto de la tribu.

—Me parece que es de los buenos, también —susurró Barney.

El jefe había terminado y se hizo otro silencio. Parecía que todo el mundo miraba a Barney y a Lou, y un pensamiento terrible pasó por la mente de Barney.

—Lou —susurró en medio del silencio—. Creo que es nuestro turno de pronunciar un discurso.

—Bueno, pues adelante —dijo Lou.

—¡Pero si no conozco su lengua!

—¡No me digas! —dijo Lou con crueldad—. ¡Pues dilo en la nuestra!

—No sé qué decir —dijo Barney, bastante seguro de que, pasara lo que pasara, no iba a ser él quien pronunciase el dis-
~o—. ¡Dilo tú!

~r qué yo?

que se te da bien hablar. ¡Venga! —dijo Barney. Se dio
~ que Lou no sabía muy bien si tomarse su observación
~cumplido o no, pero el silencio se le hizo eterno. Lou
~alrededor desesperada, respiró hondo y empezó:

—Señor presidente, directora, gobernadores, damas y caballeros (¡Uy! esto no cuadra, ¡suerte que no me entendéis!). Es un enorme placer para mí estar hoy entre ustedes para proceder a la entrega de los premios. Recordad, niñas, que los días escolares serán los días más felices de vuestra vida. No hay premios para todos pero...

(—¡Sigue Lou! —la animó Barney—. ¡Te sale la mar de bien!)

»... Pero vengo a inhumar a César, no a ensalzarle. El mal que hacen los hombres les sobrevive. Cae como la suave lluvia del cielo sobre el suelo. ¡Una vez más en la brecha, queridos amigos, una vez más! ¡Cuídate del Galimatazo, hijo mío! ¡Guárdate de los dientes que trituran y de las zarpas que desgarran! Cuídate del pájaro Jubo-Jubo y que no te agarre el árbol del Tántamo... ¿Cómo va la cosa, Barney?

(—¡Va la mar de bien, Lou! —exclamó Barney—. ¡Poesía pura!)

—En el portal de Belén —dijo Lou, cogiéndole el tranquillo y extendiendo los brazos hacia la audiencia—, hay estrellas, sol y luna —declamó, señalando la luna—. La Virgen y San José y el Niño —hizo una pausa—, que está en la cuna —concluyó con una mano en el corazón.

—Eso ha sido genial —dijo Barney—. ¡Ahora pienso que me habría gustado hablar a mí!

—Bueno, puedes hacerlo la próxima vez —dijo Lou, enjugándose la frente. Pero, al parecer, había funcionado. El jefe les sonrió y les invitó a sentarse junto a él. Luego miró a Dinah, que parecía desdichada al lado de Lou, al final de su cordel. Hizo seña a Lou de traerle a aquel extraño y dócil animal, y Lou se lo llevó mientras le decía a la perrita—: ¡Choca la mano con el simpático jefe, Dinah!

A Dinah no le apetecía levantar la pata, pero el jefe le acarició el lomo y las orejas y luego le pasó la mano por la piel y dijo algo en su extraña lengua.

—Está diciendo lo bonito que es el pelaje de Dinah —dijo Lou, satisfecha, porque la había estado cepillando durante mucho rato.

—Seguramente está diciendo lo bonito que le quedaría a él ese pelaje —dijo Barney.

Pero Lou se limitó a decir:

—¡Oh, Barney, no! —Y atrajo hacia sí a Dinah.

Se sentaron junto a la realeza y esperaron, y tenían la curiosa sensación de que los demás también esperaban algo, algo especial. Los miembros de la tribu estaban sentados aquí y allá, charlando en voz baja, y a veces dejaban de hablar y paraban la oreja, y el jefe parecía tener los ojos fijos en la niebla al pie del valle.

Un hombre sentado en la última fila se levantó con dos cuernos de toro y se los ofreció a Barney y a Lou.

—¿Qué se supone que tenemos que hacer con esto? —le preguntó Barney a Lou—. ¿Soplarlos?

Lou cogió uno.

—Ojo, Barney —dijo—. Llevan algo dentro. —Barney cogió el suyo. Estaba relleno de un líquido. Miraron al jefe y a los más ancianos y vieron que también tenían cuernos. Entonces el jefe se lo llevó a la boca, se bebió el contenido de un trago y tiró el cuerno por encima de su hombro.

—Es para beber —dijo Barney, y ambos comprendieron que estaban sedientos, y ambos le dieron un buen trago al cuerno. Entonces ambos hicieron la misma mueca.

—¡Puaj! —escupió Lou—. ¡Cerveza!

Barney tiró el cuerno lleno por encima del hombro. Un miembro de la tribu más bien regordete que estaba sentado detrás de él recibió casi toda la cerveza en plena cara. Su expresión fue de sorpresa, pero no pareció importarle mucho porque se puso a lamer las gotas que le corrían por la nariz. Lou se deshizo del cuerno con más cuidado.

Entonces se pasaron la comida en círculo. Unos hombres junto al fuego sacaban la carne de los espetones y la troceaban, y otros llegaban corriendo con pedazos humeantes que ofrecían primero al jefe y luego a las demás personalidades y niños. El aroma era delicioso, pero cuando vieron la carne llena de nervios y ennegrecida pegada al hueso, se les fue el hambre.

—¿No crees que será de mala educación no comérsela? —preguntó Lou dudosa.

—A lo mejor no tienen educación —dijo Barney—. No puede ser de buena educación tirar la copa por encima del hombro.

—Si el jefe lo ha hecho, es que lo será —dijo Lou—. Nunca se sabe con la educación.

Volvieron a mirar al jefe. Había repelado la carne del hueso en un santiamén y lo lanzó por detrás de la multitud, donde lo atrapó al vuelo uno de los perros salvajes que merodeaban por allí.

—Ah, bueno, es muy fácil —constató Lou—. Toma, Dinah, ¡mira qué hueso! ¡Con carne y todo!

Barney también le dio su pedazo a la perra, y Dinah se fue a roerlo tan contenta como el resto de la tribu.

Al final las mandíbulas batientes se fueron calmando en todo el campamento, los dedos se limpiaron en la hierba o en el pelo y la tribu volvió a sentarse en el suelo con ese aire suyo de estar a la espera de algo.

Barney, echado en la suave hierba, fue el primero en oírlo.

—¿Qué es eso? —exclamó, sentándose de pronto.

—¿Qué es qué? —preguntó Lou.

—Algo en el suelo —dijo Barney. Una vez sentado ya no lo oía. Se tumbó de nuevo y pegó la oreja al suelo. El ruido volvió otra vez: era una especie de golpetazo. Barney obligó a Lou a pegar la oreja al suelo y durante un rato no oyeron nada, pero entonces el golpetazo volvió otra vez.

Se oyó un «chiiiissst» entre los miembros de la tribu y, al parecer, algunos también oían algo. Todo el mundo guardó silencio y al cabo de un rato el sonido se oía en el aire, y también se sentía una sacudida en la ladera. Los golpes eran bastante espaciados; Barney contó hasta veinte despacito, pero seguían llegando, y cada vez más cerca. Bien podrían ser las pisadas de un gigante o un monstruo que caminase con paso pesado y sin prisa hacia ellos por el pantanoso valle. Barney miró a Lou y comprendió que estaba pensando lo mismo que él.

—¿Qué puede ser, Lou? —susurró.

—No lo sé. Puede ser cualquier cosa.

—¿Podría ser uno de esos brontosaurios?

Pero Lou le indicó que callase, y entonces Barney captó otro sonido que acompañaba al estruendo de las pisadas. Antes de cada pisada se oía una especie de interminable lamento, algo así como: «eeeeyooooooopum... eeeeyooooooopum...» Y a cada vez, el cerro entero daba una sacudida tan fuerte que podían notarla en los huesos, sentados en la mullida hierba.

Todo el mundo lo había oído, incluso el jefe y los ancianos, que debían de estar un poco sordos, supuso Barney. El círculo de la tribu en torno al fuego empezaba a romperse y sus miembros se acercaban al principio de la escarpada pendiente que se sumergía en el valle.

—¡Vamos! —dijo Barney—. ¡Tenemos que ir a ver qué es! —Se levantaron y corrieron junto a los demás.

Al pie del valle, el bosque se extendía hacia las lejanas colinas bajo la luz de la luna, y unas capas de niebla baja cubrían las copas de los árboles. Forzaron la vista para ver de dónde procedían los ruidos entre la niebla, y Lou profirió un grito ahogado, agarró a Barney del brazo y señaló hacia un punto.

—¡Mira! —exclamó, conteniendo el aliento—. ¡Ahí está!

Barney lo vio casi en ese mismo instante, aunque sin saber qué era lo que estaba viendo. De entre las brumas, en las faldas del cerro, asomaba de cuando en cuando una silueta oscura que se tenía en pie un momento y luego, a cada vez, se caía hacia delante en dirección al campamento. Y cada vez que aparecía se oía aquel gemido, seguido del estruendoso temblor. Y ahora se había sumado otro sonido más entre el gemido y el estruendo —algo así como: «eeeeyoooooo*ut*pum... eeeeyoooooo*ut*pum... eeeeyoooooo*ut*pum»—, y no parecía que saliese de una sola voz fuerte, sino de varias. Entonces Barney vio que a la oscura silueta le salían cuerdas o antenas. Dinah, que estaba entre los dos hermanos, acababa de verlo, y se le erizó el vello de la nuca y del lomo, y Barney notó que el suyo también.

Fascinada, sin apartar la vista, Lou dijo:

—Barney, todo esto lo estamos soñando, seguro. Voy a pellizcarme y entonces me despertaré.

—¡Ni se te ocurra despertarte y dejarme aquí solo! —protestó Barney.

—Pues te pellizcas al mismo tiempo que yo —dijo Lou. Y los dos se pellizcaron, pero no pasó nada.

—¿Estás despierta? —preguntó Barney.

—No —contestó Lou.

—Ya lo sé —dijo Barney—. Te voy a pellizcar yo. —La pellizcó y Lou chilló.

—¡Pero no hace falta que sea tan fuerte! —exclamó—. A lo mejor es tu sueño y no el mío. Ahora me toca a mí pellizcarte. —Y le pellizcó.

—¡Qué bestia, Lou, me ha dolido! —dijo Barney—. Oye, no podemos estar soñando los dos el mismo sueño, así que los dos estamos despiertos. Ojalá no lo estuviéramos. —Apartó la vista de la cosa y se volvió hacia alguien que estaba a su lado. Era Stig.

—¡Stig, menos mal que estás aquí! —exclamó Barney—. ¿Qué es esa cosa? ¿Y qué va a pasar?

Stig se limitó a mirarle con su expresión habitual de no entender nada, pero esbozó una sonrisa, ¡y parecía de lo más feliz y nada preocupado!

—Lou, Stig está aquí —dijo Barney—. Y parece que para él todo está en orden.

—¿En serio? —dijo Lou, mirando a su alrededor—. Bueno, quizás sea una cosa dócil. O una cosa normal, una de dos.

Se sintieron mejor teniendo a Stig tan contento al lado, pero Dinah decidió de pronto que era una cosa que no le gustaba nada, movió la cola, tiró de la correa que sujetaba Lou y salió huyendo, con Lou detrás de ella dando voces:

—¡Dinah, Dinah, vuelve aquí! ¡Muy bonito, Dinah! ¡*Dinah-ven-aquí*!

Al mismo tiempo, Stig hizo seña a Barney y a algunos hombres de que le siguieran, y empezaron a descender la escarpada pendiente. Barney se encontró corriendo a su lado, jadeando.

—Ya voy, Stig, espérame. ¡Stig, Stig, espera! ¡Te has dejado la lanza, Stig! —Solo entonces se dio cuenta de que ni Stig ni los otros hombres llevaban encima las armas.

Pero ahora que había arrancado a correr cuesta abajo, comprendió que seguramente no podría parar, y que se toparía con la cosa antes de poder volver a preguntarse qué era aquel ser.

Esa niebla era de la clase de niebla que ya no está cuando uno llega a ella, pero que dilataba la luz de la luna como si fuera de día, y Barney seguía corriendo cuesta abajo por el último tramo del cerro cuando vio con bastante claridad qué era todo aquello: la silueta oscura, las cuerdas, el gemido, el gruñido y el ¡pum!

En el sendero que conducía al pie del cerro había bastantes miembros de la tribu. Estaban divididos en dos grupos: los que estaban más cerca tiraban de unas cuerdas, los más alejados fabricaban largos palos y se dedicaban a manipular un bloque enorme y tosco de roca oscura, que duplicaba al menos el tamaño del más alto de los hombres.

Y así es como lo empujaban: el bloque estaba tumbado en el suelo. Doce hombres metían doce estacas afiladas por debajo de un extremo de la roca y la alzaban un palmo del suelo. Acto seguido, un grupo aún mayor de hombres metía otras estacas más largas hasta el fondo y levantaban la roca un poco más, empujando las estacas hacia arriba. A las puntas de las estacas habían amarrado largas cuerdas de piel trenzada que lanzaban a los hombres de enfrente por encima de la roca. Cuando la roca estaba lo bastante alta, los hombres tiraban de una de las cuerdas, la roca se levantaba hasta quedar recta, parecía detenerse así durante un segundo y luego caía hacia delante con el poderoso ¡pum! que habían oído desde lo alto del cerro. Y la voz del monstruo era el empuje de los hombres cuando tiraban con ahínco de las palancas y las cuerdas y gruñían a una en el punto más difícil, justo cuando la roca estaba a medio camino de levantarse.

Barney se quedó un poco despagado ante la desaparición del monstruo, pero no había tiempo para lamentaciones. En ese momento se trataba de subir la roca a la cima del cerro, y se precisaba la ayuda de todos los ayudantes extra del campamento. Sin dar tregua al lento avance de la roca, todos se sumaron a la faena —o, mejor dicho, era como si se sumaran a un juego o un baile—. Barney asió el cabo de una cuerda, detrás de Stig, y observó lo que él hacía. Se colocaron enfrente de la roca y debían caminar hacia ella mientras los hombres del otro lado levantaban las estacas para volver a encajarlas debajo de la roca. A continuación, tenían que tensar las cuerdas al máximo, pero sin tirar de ellas hasta que la roca no estuviese alzada hasta la mitad. Luego, todos juntos, con los hombres colocados en las otras dos cuerdas, tenían que tensarlas, tirar de ellas hasta que la roca se pusiese recta y después dejar de tirar, puesto que no hacía falta empujar la roca hacia ellos, ya que caía por su propio peso.

Barney pronto encontró aquello muy cansino y se preguntó cuánto tiempo podrían seguir así. Empezó a decir: «¿No sería mejor si...?», pero en cuanto empezó a hablar, Stig le pisó y la cuerda se tensó en su mano mientras levantaban las estacas para la siguiente maniobra. Barney constató entonces que nadie hacía sugerencias, nadie discutía, nadie daba órdenes siquiera. Se contentaban con entonar su gemido: «¡Eeeeyoooooout!», y tiraban todos a una, avanzaban unos pasos a una y descansaban a una cuando llegaba el turno de los «empujadores de estacas». Barney empezó a percatarse de que podrían seguir así durante cientos de millas. Y probablemente tendrían que hacerlo, pues no se le ocurría dónde más iban a encontrar esa clase de bloques por allí cerca.

No podían subir directamente por el cerro, claro está: era demasiado empinado, pero había un sendero cubierto de hierba que se inclinaba a lo largo de una ladera y por él cargaron despacio con la enorme roca.

Ya se aproximaban al campamento, y las mujeres y los niños salieron a su encuentro para infundirles ánimos. Barney oyó una voz familiar y, al volver la cabeza, vio también a Lou, que sujetaba a una emocionada Dinah.

—¿Qué vais a hacer con eso, Barney? —le decía—. Yo no puedo ayudar porque no puedo dejar sola a Dinah. —Pero mientras prestaba atención a lo que Lou le decía, notó que le pisaban y que su cuerda se tensaba de nuevo, de modo que dejó de intentar escuchar lo que Lou le gritaba. Le pareció oír: «¿No sería mejor que usarais ruedas...?», pero no parecía que se pudiese hacer mucho al respecto.

En ese momento, pese a estar en la parte más empinada del sendero, parecía que la cosa iba más rápida. Barney tenía la sensación de estar en el tramo final de una carrera. Miró a su alrededor y vio que el jefe aguardaba en el sendero. Entonces recordó la pregunta de Lou y por primera vez se preguntó qué iban a hacer con aquel pedazo de piedra. Imaginó que sería algo así como un regalo para el jefe. Deseó que le gustase.

Con un último par de empujones rápidos, depositaron la roca casi a los pies del rey, un hombre dijo algo en voz alta y todos los hombres-cuerda y los hombres-estaca se echaron de bruces ante el jefe. Barney también, esta vez. Estaba demasiado cansado como para hacer otra cosa.

El rey alzó el brazo. Más discursos, pensó Barney. Pero no, por lo visto la faena no había terminado.

Barney se incorporó y vio que un poco más allá de donde yacía la roca sobresalía una especie de montículo elevado. Por ese lado, el montículo estaba al nivel del suelo, pero por el de más allá daba sobre la cima de otras tres piedras enormes que, a modo de menhires, se erguían más abajo en la ladera. Barney pensó que ya entendía por qué habían subido el bloque por todo el camino del cerro. Si cargaban con él por ese montículo, podrían colocarlo encima de los otros tres menhires. Y entonces tendrían una morada para el rey, o un templo, o lo que fuera por lo que la gente ponía piedras grandes tumbadas unas encima de otras. A Barney le pareció una idea buenísima.

Comprendió que no iba a ser lo mismo que traerla por el sendero. En esta ocasión la transportarían colina abajo. Si no llevaban cuidado se les podría escapar por la pendiente y hasta golpear los menhires como en una partida de bolos.

El anciano rey habló al grupo de hombres importantes. Parecía que, con una mano, señalaba el cielo hacia el Este y, con la otra, los exhortaba a ir hacia allí. Barney miró hacia donde señalaba el rey. ¿Empezaba a clarear el cielo? ¿Ya era casi de día? ¿Era algo que debía hacerse antes de que la noche tocase a su fin? ¡Antes de que acabase la noche más corta! ¿La noche que parecía haber durado tantísimo tiempo?

Cerro abajo, las mujeres y los niños se peleaban por tener la mejor perspectiva de los menhires, y hubo riñas y cachetes a montones entre los pequeñajos que se abrían paso hacia el lugar por donde llegaría la piedra. Los hombres con las cuerdas y las estacas se prepararon de nuevo. Esta vez fue distinto: debido a lo empinada que era la cuesta, no podían arrastrar la piedra por delante, sino que debían hacer todo el proceso de levantarla y empujarla por detrás. Y para impedir que la piedra se desplomara cuesta abajo, un montón de gente la frenaba tirando de una cuerda que habían amarrado a ella. Stig se colocó cerca del extremo de la cuerda, y Barney en el otro extremo, al final.

Esta vez no hubo esfuerzos sonoros. Era bastante fácil levantar la roca, pero todo el mundo observaba con expectación cómo iban soltando la cuerda-freno y dejaban que la roca descendiera con cuidado. Tampoco se oyó ningún golpetazo, sino un montón de silbidos entrecortados y suspiros de alivio cada vez que la piedra rodaba a salvo.

Los pasos por la cima del montículo hacia la cima de los menhires fueron más expectantes aún. Un fallo y la piedra podía inclinarse hacia un lado del montículo y caer rodando por la cuesta. Barney pensó que las mujeres y los niños estaban peligrosamente cerca a cada lado, pero dieron seis pasos seguros por el montículo, tumbando con cuidado la piedra en el suelo a cada paso con la cuerda-freno. Y la piedra ya descansaba en el borde del montículo, lista para que la subieran encima de los menhires. El rey observaba inquieto el cielo, que ya despedía cierto resplandor sobre el lomo de las colinas hacia Oriente. El alba no andaría muy lejos. Los trabajadores de la cuerda-freno aguantaron todo el peso a medida que la roca caía.

Pero ¿qué era eso?

Mira por donde, ahí estaba Dinah, trepando al montículo justo por delante de la piedra que volcaban en ese momento, ¡y Lou iba tras ella en una persecución desesperada! Y luego se oyeron los gritos de Lou: «¡Deteneos! ¡Deteneos! ¡No la bajéis! ¡Hay un bebé!» ¡Y luego vieron a Lou desaparecer enfrente de la piedra también!

La piedra se movía. Todos los que sujetaban la cuerda-freno hacían cuanto podían para volverla a subir, pero una vez iniciado el proceso, resultaba casi imposible. Barney, en el extremo, hincó sus talones en la resbaladiza hierba, pero notó como su cuerpo era arrastrado poco a poco hacia delante.

Y entonces vio, justo a su lado, en la ladera, un espino cubierto de maleza, erosionado y atrofiado, pero fuertemente enraizado en el suelo.

—¡Stig! —jadeó—. ¡El árbol! —Stig miró a su alrededor y lo vio. Con una peluda mano extendida, Stig agarró el tronco. La cuerda le rodeaba la otra muñeca y se oyó un crujir de huesos mientras sus brazos aguantaban el peso, pero la cuerda-freno dejó de moverse hacia delante. Tratando de no vacilar, Barney pasó el cabo de la cuerda dos veces alrededor del arbolito y la tensó, y Stig sonrió al ver que podía soltarlo. La cuerda de piel se estiró, las raíces del árbol se tensaron en el suelo, pero Barney echó un vistazo a la piedra y comprobó que no se movía. Y entonces Lou asomó por debajo de la piedra inclinada, seguida de Dinah, y con un bebé-Stig desnudo de pelo negro en brazos.

El rey gritó con impaciencia. Barney soltó el cabo de la cuerda que rodeaba el tronco, la enorme roca cayó hacia delante con un sonido hueco encima de los menhires y...

*

... y sobre el lomo de las colinas resplandeció un destello rojo, y el valle se inundó de luz. Era el alba. De entre la neblina baja, al pie del valle, surgieron la aguja de una iglesia, los secaderos y las torres eléctricas. El tupido bosque había desaparecido y se veían cuadrados de trigales, huertos y cultivos de lúpulo. Se veían los pueblos y las lejanas chimeneas de las fábricas de cemento, y la ancha cinta que era la carretera principal que zigzagueaba en descenso por el cerro.

Barney miró la ladera. La gente de la tribu se había esfumado. No estaban las cabañas; ni rastro del campamento y la fogata. Todo había desaparecido con las últimas penumbras, pero una cosa no había cambiado. Los tres menhires con la gran roca encima seguían ahí ante sus ojos, aunque erosionados y con un incipiente liquen gris en la superficie. El montículo no estaba, pero las piedras seguían ahí de pie como cuando Barney había soltado el último tramo de cuerda. Apoyada contra ellas en el suelo estaba Lou, pestañeando por efecto del sol naciente como si despertase de un sueño profundo y con Dinah en brazos.

—Oh, Barney, he tenido un sueño de lo más extraño —dijo, adormilada—. Me alegro de haberme despertado.

—Igual que yo —dijo Barney—. ¿Estás segura de que nos hemos despertado?

Lou miró a su alrededor.

—Bueno, he soñado con una tribu de gente de hace mucho tiempo —dijo—. Han desaparecido todos y ahora es *ahora*. Así que habrá sido un sueño.

—¿Y entonces qué hacemos aquí? —preguntó Barney.

Lou abrió los ojos de par en par.

—¡Cielos! —dijo—. No solemos despertarnos en la cima de una colina, ¿verdad? —Se acurrucó al pie de la piedra y cerró los ojos.— Voy a soñar que vuelvo a la cama —dijo, decidida.

Barney la sacudió.

—¡Levántate, Lou! —dijo—. No parece para nada el típico sueño. Estamos aquí de verdad. Hay que volver a casa de la yaya como sea. —Barney sabía que aquello era algo más que un sueño. El cansancio en los brazos y las piernas le decía que había estado tirando realmente de la enorme piedra que parecía llevar ahí cientos de años.

Barney dio la vuelta hasta ponerse delante de las piedras, desde donde se veía todo el valle; y ahí, sentado en la entrada como si estuviese en su porche, estaba Stig.

Barney lo miró boquiabierto y Stig sonrió de oreja a oreja. Lou asomó la cabeza y profirió un grito ahogado:

—¡Stig! —exclamó—. ¿Qué haces aquí? Si eres un hada de verano, o lo que fueran los demás, en teoría habrías desaparecido también.

—Pero si ya te lo he dicho —dijo Barney—, Stig siempre está aquí. Es mi amigo.

*

Barney y Lou prácticamente habían olvidado cómo volvieron a casa aquella mañana de verano. Recuerdan haber montado en el poni, que pacía a sus anchas en la cima, y haber cabalgado medio dormidos, clic clac, clic clac, por los caminos desiertos, y que Stig iba andando a su lado. Y recuerdan que cayeron rendidos en la cama y se despertaron muy tarde el día de San Juan. En el camino de vuelta, probablemente acordaron no decir nada sobre lo sucedido. De todos modos, ¿qué iban a decir?

No fue hasta mucho tiempo después cuando regresaron con sus padres de picnic a North Downs, donde seguían las cuatro piedras. Y mientras se comían los bocadillos, sus padres discutieron sobre la Edad de Piedra y la Edad de Bronce, y sobre cómo habrían llegado aquellas piedras allí, hasta que Barney dijo sin pensarlo:

—Tenían lanzas con sílex y las subieron empujándolas.

Y todos le dieron muchas vueltas a eso, y tuvieron que admitir que probablemente Barney estaba en lo cierto, aunque no se figuraban cómo es que lo sabía.

Y entonces Barney y Lou dijeron al unísono:

—Pero me pregunto cómo llegó el bebé hasta aquí.

Y esa fue una pregunta que nadie supo contestar.

¿Y qué había pasado con Stig? Bueno, si le preguntáis a Barney, dirá sin dudarlo que sigue viviendo en el vertedero. Las personas mayores nunca supieron realmente hasta qué punto era real, pero se acostumbraron a la idea de que, dondequiera que hubiese un montón de trastos viejos para tirar, era muy probable que un Stig merodease sin ser visto por allí. Y cada vez que había una chapuza que hacer, por muy extraña que fuese (como, por ejemplo, que el depósito del agua de lluvia no perdiese cuando había poca ni se desbordase cuando estaba lleno, o encontrar una nueva herramienta para desenterrar chirivías), siempre había alguien que decía: «¡Ve a buscar a Stig, que él te lo arregla!»

En realidad, ahora el vertedero se está llenando muy rápido, y puede que Stig se haya mudado. Uno de los rumores era que lo habían visto trabajando en un taller de la carretera principal, donde recogen coches viejos para el arrastre y van apilando las piezas oxidadas. Y alguien dijo que lo había visto en un camino secundario en la zona boscosa de los Downs, reparando un corral con un viejo colchón de muelles. Sin duda parecía referirse a Stig, el amigo de Barney, pero quizás solo fuese un pariente suyo.

Otros títulos de Exit